世界中の時間よ、すべて止まれ。

伊友喜 紗々
ITOMOKI Sasa

文芸社

目次

真っ暗な部屋の中。

カタカタとリールが回る音が聞こえている。

時が遡るようにその音と共に古い映像が映し出される。

色褪せて、音も切れ切れ。

少年が古いフィルムカメラで撮影している。

スピード感と躍動感がある。

たくさんの花が咲き誇る美しい庭。

花柄のワンピースの少女が少し照れながら微笑んで歩いている。

撮影している少年も時折映りこむ。

二人はとても楽しそうだ。


『どうですか？　女優になった気分は？』

『母に二人でいるのを知られたら怒られるけど……、すごく楽しいわ』

『よかった。病気が治って退院したら、一緒に鑑賞会しようね』

少女の笑顔の表情が一瞬にして曇った。

『そうだね……、でも……もうすぐ私、母と一緒にここを出ていかなければいけないの……』

その時、少年は少女の顔を引き寄せ、おでこにキスをした。

少女はびっくりしたように目を丸くし、顔を赤らめた。

『ごめん……こうすると幸せになれるんだって……ロミオとジュリエットに書いてあった』

少女は恥ずかしそうに俯いてすぐに笑顔に戻り、

『私がどうしても一本の赤いバラが欲しいと言ったのは……どうしてか知ってる?』

『ううん……』

『ヨーロッパでは教会の懺悔室に一本のバラが飾られていて、秘密を守るシンボルとなっているの。そこから秘密の恋をする時は、テーブルの真上の天井に一輪のバラがつるされているの』

『……恋しているの?』

『うん。私、あなたに恋してるわ』

少年の撮影の手が動揺して揺れている。

『ホント?　うれしい』

少年が赤い小さい一輪のお花をプレゼントする。

バラのアーチには様々な種類のバラが咲き誇っている。

『……昨日言ってたロンドンのローズガーデン……?』

『秘密の花園のこと?』

『そう。秘密の花園。10年後に一緒に行こう』

『ホントっ!　約束だよ』

『10年後の誕生日には、秘密の花園で世界一のバラをプレゼントし、プロポーズをすることを誓います』

『え……ありがとう……』

『二人だけの約束だよ』

『うん……、秘密の約束』

突然少年はリュックからアンティークのオルゴールを取り出し少女へ渡した。

『約束の誓いとしてこのオルゴールを受け取って欲しい。このオルゴールは贈られる人の幸せが続くよう願いが込められているんだ』

『嬉しいわ』


少女は大事そうに受け取って慎重にオルゴールの蓋を開ける。

すると18弁の針が奏でる優しい音色の『カノン』が流れる。

『私の一番好きな曲よ』

『この曲を聴いたら僕を思い出してね。また逢えるよね？』

少女の顔が綻び、目には涙が浮かんでいる。

『ありがとう。逢いたいと願っていたら……きっとまた逢えるわ』

満面の微笑みで二人は指きりげんまんをする。

その時少年は、少女に何か優しく語りかける。

少年の笑顔から発せられる声は、フィルムの劣化音でかき消されている。

ここでフィルムが途切れ、古いフィルムカメラは止まった。
再び真っ暗な部屋の中。
何もかもを呑み込むような漆黒の闇の中。

2013年クリスマス　機上にて

窓の外から見える空は暗く、雲海は低く流れている。
ふと、窓に映る自分の顔を見る。
ひどい顔。
疲れ切っていて、不安そうで、顔色も悪くどんよりとしている。
ここ3日間、まともに寝ていない。
生まれて初めて一人で飛行機に乗っていることもあって眠れる気がしない。
この旅の行く末の不安と、私を悩ませるあの症状の一つなのだろう。
言いようのない気持ち悪さの中、ふと手元の古ぼけた日記帳を開いてみる。
丸字で癖のある、だけどあたたかみも感じられる文字だ。
この日記帳は、持ち主が子供の頃から大人になるまで、ほぼ毎日書かれていたものだ。
東京で生まれ育ち、運命の人と出会い、そしてある悲しい別れを経験する。
この日記は、今私が向かっているロンドンに着くところで終わっている。
しかし、どうしてこんなことになったんだろう。
今9000キロ以上離れた広尾では、母がICUで眠っている。

正直、片時も離れず母に寄り添っていたい。
しかしこの旅は、母からの依頼なのだ。
「オルゴールを探して欲しいの」
母はそう言って力尽きたように目を閉じた。
機上での時間は弁護士から渡された日記を読むと決めていた。
顔も知らない父親が、死ぬ直前まで書いていたのだという。
父はどんな人だろうか、と思い馳せる。
ふと、ページの隙間から1枚の古びた紙が落ちる。
折られた大学ノートの一片が、しおり代わりに挟まっていたのだ。
書かれている文字を見て、私はすぐに気づいた。
この手紙の主は、母だ。

『隆一さんへ

あなたから言われたこと、とても受け入れられませんでした。
でも私たちのことを考えると、これでいいのかもしれません。
あなたを縛り付けたりするようなことはしたくないのです。

私のことはもう、忘れてください。

「恋はつらい、あまりに残酷だ、暴君だ、茨のように人を刺す」

あなたが教えてくれた『ロミオとジュリエット』の一節がずっと頭の中に残っています。

あなたの繊細な声、不器用なバイオリン、困ったような笑顔、全てを愛おしく感じています。

あなたが贈ってくれた1本のバラ、これがいつか12本になる日を夢見ていました』

文章は、ここで途切れていた。

最後の文字に雑にグリグリと黒い丸がついている。

きっと書き損じたのだろう。

父は、母を捨てようとしていた？

一度もあったことのない父に対して、どす黒い感情が私の中で渦巻いていく。

隣の座席に備え付けられたモニターでは、私が大好きな映画が流れていることに気づく。

クリスマスを前に様々な事情を抱えた人物たちがそれぞれの形で愛に触れる、ロマンティックコメディだ。

そういえばこの映画の舞台もロンドンだった。

だけど、全く心は踊らない。

目の前は窓の外と同じように暗く、色が無い。

ひとまず目を閉じよう。
全てはヒースロー空港に着いてからだ。
何度か深呼吸をするうちに眠気がやってきた。
どうやら少しは眠れそうだ。

2013年12月22日　渋谷

まぶたを開けて眼前に見えたのは自分の鼻に繋がれている点滴の管だった。

どうやら私は、病院のベッドの上にいるようだ。

どうして私が病院に？

大学の友達と表参道でランチして、その後渋谷のカフェでお茶を一杯だけ飲んだまではかすかに記憶にあるが、その後のことは、寸断されている。

そうだ。私は、確か駅のホームから転落しそうになったのだ。

やっと思い出したが、駅でのことはほとんど覚えていない。

でも、何か空を飛んでいたような幻想を見たのはぼんやりと覚えている。

「お名前は？」

突然、質問が飛んできた。

ベッドのそばに立っていた制服を着た警察官が、私に質問してきたのだ。

「……神山彩佳です。神の山に彩り佳く、と書いてあやかと言います」

思ったよりしっかり喋れたのには自分でも驚いた。

「職業は何ですか？」

「学生です。青山女子短期大学二年です」

「家族は?」

「母親がいます……」

「連絡はつくの?」

「携帯がカバンに入っているので……」

「これですか?」

そう言うと警察官は自分の足元にあったズタズタになったカバンを手にとって私に渡した。

「カバンだけホームに落ちておりました」

私のお気に入りの黒革の手提げカバンが無残に壊れているのはショックだったが、私の身がわりになってくれたのだろうと諦めた。

カバンの中には、携帯電話と、読みかけの小説とカメラ、それと楽譜を詰め込んでいた。

携帯とカメラは無事だった。楽譜は飛び出していたのかズタズタになっていた。

とりあえず今私の目の前にいる警察官に、実家の番号を教えた。

「母は働いているので、今はつながらないと思います」

電車にひかれかけたなんてこと、間違ってもあの人には知られたくない。

「当時のことを覚えていますか?」

「あまり覚えていません……。私、線路に落ちたのですか?」

「はい。でもギリギリのところで、ある方がホームに飛び込んであなたの腕を掴まえて助けてくれました。あと2秒遅れていたら電車にはねられていたでしょう。その後もその方は気を失っていたあなたを介抱してくれました」

「どなたが私を助けてくれたのですか？」

「20代の青年らしいんだけど、用事があるからって去って行っちゃったんですよ」

いまどきこんな正義のヒーローが本当にいるんだ。

自分の命を張ってまでして、私の命を救ってくれたのだ。

そして名も名乗らず去って行くなんて、なんて奥ゆかしい方なのかしら。

私は視線を窓の外へ向け、言葉を探した。

いまこうして生きながらえていることを喜ぶべきなのに何故か素直に喜べていない。

どうしてだろう？

「あなた、まさか自分から飛び込んだわけじゃないよね？」

警官は遠慮がちに、直球な質問をしてきた。

私は少し考えて、記憶を探ったが自分でもよくわからなかった。

「違います。いえ……覚えていないんです。スミマセン」

警察官は訝しそうに私を見つめて、諦めたように首を振った。

「幸いケガはないみたいだから。先生に診察してもらって異常なければすぐに退院できますよ。今度から気をつけてよね」

「ありがとうございました……」

それだけ言うと私は、体を起こして警察官にお辞儀して別れた。

私は死のうとした?

それとも眩暈か何か気を失って誤って落ちた?

それさえも判然としない。

自分で死のうなんて今まで思ったこともなかった。

しかし最近の私を、漠然とした不安感、無力感が支配しているのも確かだ。

実は今の私の心は、光も届かない深い海の底に沈んだかのように真っ暗だった。

理由は二つある。

その一つは、就職問題だ。

連戦連敗の私。なぜ、私だけがこんな目に遭わなくてはならないのか。

会社が悪い、社会が悪いと、毎日私を落とした会社が潰れますようにと祈っているような有様である。

世間を恨んでいる惨めな女なのだ。

そしてもう一つ――。

私がこんな風になってしまった大きな理由には、あの人にある。

――私の母だ。

あの人のせいで、私はこんな性格になったのだ。

私はもっと女の子らしい可愛らしく幸せな人生を送れるはずだったのに――。

頭の中を鈍く重たいものが包み込んでいく。

その先には一人きりで佇む母の姿が見える。

散り散りになったバラの中に立ち、幼い私を見下ろす母。

あの日、私に手をあげた母……。

母を私の頭から振り払いたくて、窓の外を見る。

遠くで、電車が走り去って行くのが見える。

そこで、思い出した。

駅のホームの数センチに前に立ちながら、朦朧として薄れゆく意識の中で、私は一瞬、幻想のようなものを見た気がする。

それが何なのか、今の私には明確な答えは見つけられなかった。

そのとき、ズタズタのカバンからはみ出している履歴書が目に入った。

私は現実に引き戻された。

そして、人生の大逆転を目指し、最後の挑戦となる就職最終面接が目前に迫っていることを思い出し、憂鬱になって再び塞ぎこんだ。

そこに60代くらいの医師が入ってくる。

「気分はどうですか？」

「ほとんど眠れませんでした」

昨夜は事故の興奮が冷めず、慣れないベッドの上で悶々とするばかりだった。

私の眼は真っ赤に充血しているに違いない。

「昨夜は急な貧血で意識がなくなったと聞いておりますが、念のため精密検査をしました」

「どうでした?」

「特に異常はありませんでした。普段からこういった症状はよくありましたか?」

医師は診察カルテを見たあと、私の瞳孔を検査した。

私は、医師をジッと見て考えた末、思い切って打ち明けた。

「私……最近おかしいんです」

「何がですか?」

「精神的にというか肉体的にというか……」

「ほう」

「私は……心療内科が専門ですが、もしよろしければ症状をおっしゃってください」

私はここぞとばかりに最近悩んでいた、体調不良の悩みを打ち明けた。

「私、最近、眠れないんです。頭も重くて、よくめまいを起こします。体が宙に浮いているように感じたり、時々見たこともない光景が頭に浮かんだりして……」

「いつからですか?」

「ここ半年くらい前からです……」

「大きなストレスを感じる出来事がありましたか?」

「就職活動がうまくいってないこととか色々とありますが……」

2013年12月22日　渋谷

「家族や友人との人間関係で何かストレスは？」

「……母とはここ2年会話もしておりません……」

「どうして？」

「母とケンカして家を出ています……」

「お母さんと仲が悪いのですか？」

「はい……いつもケンカばかりしていました……」

「そうですか……、他のご家族は？」

「家族は母一人です……」

「なるほど」

先生は何か手がかりが掴めたようだった。

「最近は心のストレス病になる人が増えています。ごく普通の生活を送ってきた人が発症するケースも少なくありません」

「私、病気なんですか？」

医師はチェック項目に記入しながら、私に説明した。

「あなたは神経症になりやすい性格傾向が強く表れているよう見受けられます」

きっぱりと断定した医師の言葉に、私は衝撃を覚えた。

「現状では、双極性障害の症状といえるかもしれません」

私は驚きと動揺を隠せなかった。

「脳の働きをコントロールしている神経伝達物質のバランスが崩れる状態のことを言います」

まさか、自分が双極性障害?

「双極性障害は遺伝や生活習慣やストレスなどの環境も関わってきます」

医者は立て続けに私に説明した。

「双極性障害は躁状態とうつ状態を繰り返す脳の病気です。激しい躁状態とうつ状態のある双極Ⅰ型と、軽い躁状態とうつ状態のある双極Ⅱ型があります。躁状態では、気分が高ぶって非常に活動的になります」

まさにその通りだった。

時々自分でも思いもよらないほど行動的になることがある。

このボロボロの手提げカバンだって、急に思い立って買ったものだ。

でも、私が病気だなんて……、という私の心の言葉を予測したかのように、先生は説明する。

「現代人はみんなストレスを抱えて生活をしていますが、自分は大丈夫という思い込みが病気を悪化させます。早めの自覚が大切です。心と体の声をよく聞いてあげてください」

「はい……」

確かに私はいざという時に緊張が高まりすぎて汗をかき、脈が速まり、めまいを起こす。

就職面接でもよくそれで失敗した。

「今日はとりあえず。軽いお薬を出しておきます。寝る前に服用してください」

「何の薬ですか?」

2013年12月22日　渋谷

「睡眠導入剤です。副作用が出た時はすぐにやめてください」

「私……これからどうすればいいですか?」

「あなたの場合は、十分な休養と薬で治していくしかありません。それと、時間があるときに、心療内科でしっかり診てもらうことをおススメします」

「わかりました……」

取り急ぎの対応として、寝つきと目覚めを良くするレンドルミンという睡眠導入剤を処方してもらった。

医師から次の診察の予約を勧められたが、私は自分が病気ということをまだ受け入れられていなかった。

少し考えた末、結局、その勧めを断って病院を出た。

下北沢の駅から三軒茶屋の方へ歩いて5分ほどの商店街のはずれにある、築10年の2LDKマンション。

ここが私とルームメイトの裕子が暮らす、女子大生二人の城だ。

渋谷にある大学へも井の頭線一本でいけるので便利がいい。

そして何より、若者の人気の街、下北沢の熱気が好きだった。

師走もクリスマスも押し迫って、今も下北沢の街はかなり盛り上がっていた。

だがそんな世間の高揚とは対照的に、しかも学生最後のクライマックスのこの時期に、私は、自分の履歴書とにらめっこしている。

まもなく大学を卒業するにあたって、私には考えなければならないことが山ほどあった。

卒業だけではない、その前の卒業旅行の行き先、新しい部屋への引っ越し、ルームメイトである親友とのお別れ。

しかし、一番の大問題は、就職。

クラスで就職が決まっていないのは、私だけなのだ。

言い訳の余地はある。厳密に言えば、私もついこの間までは就職が決まっていたのだ。

今から3週間前の12月1日、私は来春から勤める予定だった就職先から内定取り消しの知らせがあったのだ。

希望の映画会社ではなかったが、中堅の実力派ファッション系の出版社だ。

先週末は、その会社の内定者研修パーティーがあるはずだった。

しかし一本の電話が私の運命を変えた。

会社からかかってきた電話は、研修が中止になったこと、そしてさらにこう告げた。

「業績が悪化し、会社が君たちを受け入れられなくなった。役員が説明したいので、あなたのご都合のいい日を教えてほしい」

それはまさに内定取り消しの知らせだった。

私の人生は、天国から地獄へと暗転したのである。

そんな絶望の淵で、私は一縷の望みを見つけた。

私の第一志望で、春の面接で一度落ちた大手映画会社・東竹が数年ぶりに臨時採用募集、いわゆる

2013年12月22日　渋谷

冬採用を実施するとの知らせを、たまたま手にした日経新聞で目にしたのだ。

内定取り消しを受けた翌日、私はこの募集の告知を見つけ、藁にもすがる思いでエントリーした。

募集人員はたったの一人。

東竹は、映画の製作、配給、興行、映像版権販売、演劇部門は超大作ミュージカルを中心にラインナップするなど、映画、演劇ビジネスを多角的に展開している超老舗の大手映画会社だ。

ちなみに私は、一番華やかな映画の企画部希望とエントリーシートに記入した。

特に鋭い映画観があるわけでもない。ただ私はイギリス映画が三度の飯より好きだった。

合コンに誘われても新作映画の初日を選ぶくらい映画に目がなく、特にロマンティックコメディをこよなく愛している。

『ノッティングヒルの恋人』、『ブリジット・ジョーンズの日記』、『ラブ・アクチュアリー』、『アバウト・タイム　愛おしい時間について』と、いずれもイギリスの映画である。

リチャード・カーティスの脚本や演出、ヘアメイクやファッション、小物やロケーションなど、作品全体のテイストが私の好みとピッタリ合うのだ。

何よりこれらの映画のヒロインたちの生き方や恋愛が、私の究極の憧れなのだ。

普段からこんなロマンティックな恋をしているかというと、もちろんそうではない。

そんな恋をした経験が皆無なので、映画のような華やかな世界に憧れているだけである。

そんなわけで、私の付け焼刃の志望動機は、「映画を通じて理想の女性のライフスタイルを提案していくことで、現実と戦っている女性の自立を応援していきたい」である。

今思えば、なんて付け焼刃で底の浅い志望動機なんだろう。

あれこれ考えているうちに我が家に着いた。

私はまだ昨日のホーム転落の衝撃が頭から離れず、ショックも癒されていなかった。

不安と動揺で心身ともにどん底の中、いよいよ明日、今後の人生を決する最後の就職面接を迎えようとしているのだ。

「ただいま」

私が小声で言い、玄関のドアを開けると、リビングでルームメイトの山村裕子がバイオリンの弦を張り替えていた。

できれば病院へ行ったことなども何も話さず自分の部屋へ行きたかったが、裕子は何かを察したようで逃さなかった。

「彩佳、昨日の夜どこ行ってたの？」

「ううん、ちょっとね」

私は咄嗟にごまかした。

電車にひかれかけ、病院に運ばれ、おまけに心の病の可能性あり、なんてまだ自分でも受け止められていない数々の事態は、いくら親友とはいえ、話す気にはなれなかった。

「なんか怪しいな」

裕子は勘が鋭い。

「別に……怪しくないよ」

2013年12月22日　渋谷

「じゃ、いいけど。明日は面接なんでしょ、ちゃんと準備してるの？　それに、あなたもうすぐ誕生日なんだから、いい誕生日にしないとね」

私は明後日の12月24日に20歳の誕生日を迎える。

そう、一年で一番華やかな日、クリスマスイブである。

幸せな人には至福の日で、そうでない人には、とことん絶望的な気持ちにさせる日だ。

だから私は自分の誕生日が嫌いだ。

毎年この時期は私を憂鬱にさせるのである。

「ちょっと1曲弾かない？」

「え、疲れてるからいいよ」

「いいから。ほら、バイオリン持ってきて。『カノン』やろ？」

裕子に押し切られ、私も部屋からバイオリンを出す。

母から譲り受けたこのバイオリンは、不思議と私の手に馴染む。

私と裕子は、お互い何か悩みがある時は、こうしてバイオリンを弾くのだ。

こういう時、楽器演奏可能の物件に住んでいてよかったなと思う。

『カノン』を弾きながら、裕子を見る。

裕子は私の親友で、クラスの同級生だ。

人生の物事にすべてに前向きで、頑張れば必ず成功すると信じている明るくポジティブな福岡出身のザ・博多美人だ。

彼女のお家は、福岡でも由緒正しいお家柄で、お祖父様は国会議員でお父様は銀行の頭取。

幼い頃から、地位も名誉もお金も、そして美貌も兼ね備えた、正真正銘のご令嬢だ。

なんとなく私と一緒に受けた太陽テレビの記念受験では、倍率2000倍の超難関を突破し見事アナウンサーに合格する離れ業を成し遂げた。

もうすでに人生の成功の道を歩み始めている。

ネガティブ思考のネクラな私と違って極めて順調な人生だ。

裕子との演奏を終えて、私は浴室に向かいシャワーを浴びながら自分の身体を見つめる。

身長162センチ、体重49キロ、血液型O型、やぎ座、視力0・01のド近眼。

ビジュアルも工夫のない保守的な黒髪のミディアムストレートで、しかも黒縁メガネ。

どちらかというと地味な部類に入ると思う。

でも、見かけの地味さとは裏腹にとてつもなく見栄っ張りで意地っ張り。

「将来は華やかなマスコミの職場で出来る女を目指す」と言っているのも、身の程知らずな感じである。

正確に言うと、華やかなマスコミに私が合格するなんて誰も予想してないのを見返してやろうと、無理を承知で見栄のために志望しているというのが実情である。

そして明日、運命の36社目の最終面接を迎えようとしている。

湯船に浸かり目を閉じると、ふと2次面接のことを思い出した。

社員さんからの質問で「あなたの人格形成に一番影響を与えた人は誰ですか？」と聞かれた。

私は「父です」と答えた。

その理由は、「会ったことがないからです」と答えた。

その時の面接官全員が私を凝視したのは鮮明に覚えている。

やっぱり変だっただろうか。だけど事実だからしょうがない。

明日の運命の最終面接は、社長以下の役員九人によるたった10分の個人面接で、十人から一人を決するという。

これで失敗すれば、就職浪人は確定。

花の映画会社社員になれるか、地を這う根無し草になるか、二つに一つの分かれ道。

自分の人生において、絶対に失敗が許されない戦いだ。

裕子は全部わかっているのか、それとも何もわかっていないのか、どちらともつかないほんわかとした笑顔でバイオリンを弾いている。

不安と緊張とほんのちょっとの期待と、安心がない混ぜになって、私は少し泣きそうになりながら湯船に顔をしずめた。

2013年12月23日　広尾

いざ決戦の朝、ドレッサーの鏡を見た私。

そこにいた自分自身の姿、いつもどおりパッとしない。

無防備に伸びた長い黒髪をとりあえずゴムでまとめ、褐色の目にシャドウもいれず、裕子から借りた黒のパンツスーツを身にまとった。

自己PRと志望動機も昨夜復習して完璧である。

なんてたって35回も面接をやっていますから。

問題は、面接で自分以上の私を堂々と演出できるかどうかである。

そうしているうちに、もう一つ大きな問題が頭をもたげてきた。

「双極性障害」と診断された私の心の問題。

緊張すると手にあぶら汗をかき、目眩や吐き気に襲われてしまうのではないかという不安が私を襲う。

言っちゃいけないことを言いたくなるし、してはいけないことをしたくなってしまう。

私を悩ます原因不明の神経症状を克服も改善もできないまま、私は運命の日を迎えた。

私は東竹の新本社のある六本木ミッドタウンに向かう途中、近くの神社に立ち寄ることにした。

裕子を見習って願掛けの神頼みだ。

神前に進み、お賽銭箱に5円玉を放り投げた。

すると5円玉はお賽銭箱の角にあたり、放物線を描いて外に転がり落ちていった。

もしかして縁起が悪い？

何だか悪い予感がする。

子供の頃から私の悪い予感はよくあたるのだ。

面接会場は、六本木ミッドタウンの45階にある華やかなオフィス。

雰囲気に飲み込まれた私は早速緊張し始めた。

若い人事部の方の誘導で面接の行われる会議室に向かった。

面接の部屋に入ると、異様なオーラを放つ九人のお偉方が座っていた。

全員ダーク系の立派なスーツを纏い、厳しい顔をしている。

一人だけ女性の面接官がいた。

髪型、衣装、メガネなど、まるで『プラダを着た悪魔』のメリル・ストリープみたいだ。

面接官の全員の顔が阿修羅のお面に見えて、みんな私のことを嫌いに違いない、と私は猛烈に不安に襲われた。

手に汗がにじみ出てきて、緊張がピークに達してきた。

「双極性障害」の症状が滝のように襲ってくるのがわかる。

これまでの私は緊張しすぎると、萎縮し眩暈がし実力の半分も力を発揮できなかった。

しかし今日の私は命懸けだ。

こみあげてくる吐き気を我慢し、背筋をピンと伸ばして、視線を上げた。

女性の面接官が質問してきた。

「神山さんは『愛』についてどう考えてますか？」

こんな質問は全く想定していなかった。

「え⁉」

しばらく絶句したのち、出てきた言葉は自分でも意外だった。

「私は、誰からも愛されてない、かもしれません……だからわかりません」

気の利いた返答が出来ていないのが自分でもよくわかる。

このままじゃ全然ダメだ！　焦りで脈拍があがり、メガネがだんだんずり下がり、目眩がしてきた。

女性の面接官はさらに質問してくる。

「恋愛と仕事はどちらが大切ですか？」

「し、仕事です……」

私は自信なさげに答えた。

会議室がシーンと静まり返っている。

空気が悪い。最悪だ。

気まずい空気がしばらく続いた後、女性の面接官が言う。

「神山さん、あなたはまず、仕事以外に大切なものを見つけるべきだと思います」

「見つけてから初めて、仕事とそれを比べてみてください。その時に本当のあなたが見つかるはずです」

どうしてだろう。その言葉を投げかけられた時、私の中の何かが切れた。

私は、面接の途中にも拘わらず、勝手に部屋を飛び出した。

ありえないほどの敵前逃亡である。私の予感はよく当たるのだ。

2013年12月23日　広尾

「仕事以外に、大切なもの……?」

この世の終わりのような寂寥感だった。

六本木通りをトボトボと歩きながら、自問自答していた。

そう言われてみれば、最近恋愛らしきものをしていない……。ずーっと恋人がいない。最後にキスしたのいつだっけ? もしかして、本当に私はだれからも愛されていない孤独な女なのかもしれない……。

信号待ちで立ち止まり、何の気なしに目の前の雑居ビルを見ていると、突然別の建物がフラッシュのように重なる。

蔦の絡まる古めかしい建物。

その隣には、溢れんばかりに咲き誇るローズガーデン。

レンガの塀に小さい木の扉。その扉の金具は古く錆び付いていたが、扉は少しだけ開いていて、そこからは7色の光が洩れていた。

実はこのフラッシュにずっと悩まされていた。

調子が良い悪いに限らず、突然脳裏を過るのだ。

この鬱屈たる日常から飛び出したいという、私の願望を表してでもいるのだろうか。

信号が変わり、歩み始める私の足は、自然と広尾方面に向かっていた。

広尾には、私の実家があるのだ。

広尾駅から歩いて5分の、緑豊かな静かな住宅街にあるレンガ造りの古いマンションが、私の実家だ。

私が逃げ出した2年前から、ここには母が一人で住んでいる。

そして実家から3分ほどの広尾商店街の片隅に、母が営む小さなお花屋さんがある。

初めての街に行ったらまっ先にお花屋さんに行くといい、と母がよく言っていた。

お花屋さんは、その街の香りと個性をよく表しているという。

この街の香りはどんなだろう?

広尾の街並みはクリスマス一色だ。どこもかしこもツリーやサンタが飾られ、華やかな雰囲気に包まれていた。

駅から商店街通りを行き１００m位の所を左に曲がった小径にある母のお店は、ウッディなコテージのような可愛いお花屋さんだ。

洗練されたこの街の中では少し古臭い感じがするが、イギリスの田舎街にありそうな店構えで雰囲気はある。

店内にはグリーンのツルが飾られた英国製の子供用バスタブ、中に花をたっぷり生けた陶器の洗面台や、本来は屋外で使用するガーデンアーチを店内奥の壁際に設置している。店の真ん中にある大きなアンティークの棚と調和してヨーロピアンな雰囲気が漂う飾りつけとなって、お店の魅力になっている。

3坪ほどの狭い店内はバラの花で溢れていた。

バラ専門店というわけではないが、東京でもこれほどのバラの種類とセンスがあるお店はそうないわ、と母はいつも誇らしげに言っていた。

私の記憶の中の母は、いつでも働いていた。

母は自分の目で全ての花を選び、お客さんに対しても全て一人で切り盛りしている。朝6時の市場での花の仕入れから、夜9時の閉店清掃まで、休みなしの立ち通しは当たり前だった。私を世話する時間よりも、花を世話する時間の方が圧倒的に長かったことは間違いない。

真冬でも暖房なしの水仕事が待っている。

折ったり、焼いたり、熱湯につけたり、いわゆる「水揚げ」は、花屋さんのもっとも大切な仕事であり、もっともつらい仕事だという。

絶え間ない水仕事で、母の手はひびわれてボロボロになっていた。

綺麗で華やかで楽しげなイメージとは裏腹に、花屋さんの仕事はとても過酷なのだ。

母は、「いつ来ても開いている」というコンセプトで気軽に来店しやすいように、元旦以外は年中無休で働き続けていた。

今日はクリスマス間近だから、一年でも一番の忙しさだろう。

とにかく、母はいつでも一生懸命働いていた。私なんかに目もくれず。

私は花が大好きだ。

そしてこの店の趣味も別に悪いと思わない。

しかし、母から私を切り離し、母を年中縛り付け、母が私よりも一番に大事にしていたこの「お花屋さんの仕事」のことが、私は大嫌いだった。

私は父親の声を知らない。

物心ついたときから、私の家族は母だけだった。

父は、私が生まれる前に亡くなった、母からはそう聞いている。

そのことを母はあまり語ろうとしないし、私も必要以上に聞かなかった。

いや、聞くことができなかったのだ。

幼い頃にどうしても父のことが知りたくなり、母を質問攻めにした。

お父さんは、どうしていないの？

お父さんは、どんな人なの？

お父さんは、お父さんは……知りたいことは山ほどあった。

しかし母は机を叩き、私に大声で言った。

「もういい加減にして！」

その時の母の声が、母の顔が、いまだに忘れられない。

あの日以来、私は母の前で父のことを聞くのはやめた。

それでも父のことを知りたくて、自分なりに調べようとしたこともあった。

しかし、母方の祖父母は、私が二歳の頃にはすでに亡くなっており、よく覚えていない。

さらに父方の祖父母に至っては、住んでいるところどころか名前すらわからなかった。

父のことと同様に、祖父母のことも、母は語ろうとしなかった。私も必要以上のことは聞かなかった。

私たちがあまり母娘としてまとまっていなかったこともその理由の一つだと思う。

もちろん、母が女手一つで私を養うために、自分を犠牲にし、一生懸命に働いてくれていることは子供心に理解していた。

しかし、「あなたのため」などと言いながら、仕事ばかりで、ちっとも私に顔を向けてくれない母の姿は、私にとって不満を抱かせるに十分な存在だったのだ。

遊び盛りの小さい頃の私が「遊んで」とお店にいる母におねだりしても、「お花の仕事のあとでね」と、いつもすげなく返されるだけだった。

次第に私は思うようになった。

母は私のことよりも、お花の方が大事なのではないかと。

ある日、私は母が寝静まった後に母のお店に忍び込み、すべてのバラを目茶苦茶に散らかしてしまった。

このバラたちが私よりも愛されていることが、何よりも許せなかったのだ。

次の日起きてきた母は、無残に散ったバラを見て顔面蒼白になった。

私を見ると、震える声で「これ、あなたがやったの？」と聞いてきた。

私は黙ってうなずいた。

パシンと音がして、次の瞬間、私は床に倒れていた。

平手でぶたれたのだということが、熱く広がる頬の痛さでゆっくりと理解できた。

母が私に手を上げたのは初めてのことで、私はとても驚いた。

私は咄嗟に言葉を返した。

「お花と私とどっちが大切なの？　お母さん、どうして私を産んだの？」

何も返さない母を見上げると、母は泣いていた。

泣いている母を見て私も涙が出てきた。

悲しくてたまらなかった。

母は、やはり私よりも花の方が大事なのか？

その日以来、私は母に対して越えることの出来ない大きな壁のような違和感を持ち続けることとなってしまった。

その上、母はとにかく質素倹約が信条で、ケチの固まりが服を着て歩いていると言っていいくらい大変な節約家であった。

お小遣いなど貰ったことなどない。

お金を無心すると「必要だったら自分で稼ぎなさい」といつも突き放された。

2013年12月23日　広尾

母の日にカーネーションのプレゼントをしたくても、お小遣いがないので買うことも出来ず、ささやかな子供心の想いも叶わなかった。

そのくせ私への教育には熱心で、私は私立青山大学初等部へ入学した。

ここで聞いたのも、「あなたの将来のため」という言葉だ。

この学校は母の母校でもあった。

母は私にもこの学び舎で学んで欲しいと貯金をすべてはたいて、私を進学させてくれた。

しかし当然のことながら、入学してみると周りの友達は裕福な家庭の子たちが多かった。

「ウチは貧乏なの」と、質素で厳しい躾を受けていた私には、子供心にブルジョアコンプレックスとなった。

そのため、初等部時代に私が本当に心を通わせることのできる友達はいなかった。

なにが「あなたのため」だ。

私の気持ちなんて、母は何もわかってない。

私はいつでもそう思っていた。

中等部の終わりくらいの頃から私の心の中には、思春期によってさらに増幅された反発心が芽生えていった。

将来の不安とコンプレックスが増殖し、私と母はことあるごとに反発しあった。

口喧嘩が絶えないこともあれば、同じ家に居ながらまったく口を利かないこともあった。

母のせいで私は不幸せだ——。私はこの頃からそう思い始めた。

もっと温かい普通の家庭に生まれていれば、私はもっと幸福な人生を歩めていたに違いないのに。

それからの私は日常にあふれる不満を、すべて母のせいにした。

そうしなければ耐えられなかったのだ。

まさに、思春期のささやかで愚かな反抗。

それでも母はひるまず信念を持って私に厳しく接していた。

やがて私の心の中には、一つの大きな疑問が支配していくようになった。

私はどのような愛情の中で、この世に生を受けたのだろう?

父親不在による空虚感、アイデンティティのゆらぎ、自分の存在に自信が持てなかったのも事実だった。

母は父とどんな恋愛をしていたのか?

私は本当に愛されて生まれてきたのか?

この世に必要とされていたのか?

何も知らない私は、怖くて自分から母に聞こうとはしなかった。

だから私は、家族団らんの幸せを描いたテレビのホームドラマを見るのが嫌だった。

私たち親子が、欠落した家族のように感じるのが耐えられなかったのだ。

高校3年のクリスマスに私は一つの答えを出した。

もうこれ以上、母への不満に我慢をして一緒に暮らすのは良くないと、高校卒業と同時に広尾の実家を出ることを決意したのだ。

2013年12月23日　広尾

私は早く社会に出たい思いで、４年生大学の進学の道を選ばず、短大へ進んだ。

母は短大を卒業するまで親の責任があると反対したが、なかば強引に喧嘩別れのように家を出た。

私は、お店の前で立ち止まると、しばらくそれを眺めた。２年か。

長かったようで、短かったようで――。

私の子供の頃よく通ったこの店の様子は、昔と何も変わっていないように思えた。

するとエプロン姿の母がお店から出てきた。

母は客を送り出すために店頭まで出てきて、深々とお辞儀をしていた。

母は、そのお客が見えなくなるまでお辞儀をした後、すぐに店前の花のいくつかピックアップして次のお客のために花束を作ろうとしていた。

そこへマダム風の客が現れた。

「ごめんあそばせ」

店先からマダム風のおば様が店内に見えている母を呼ぶ。

「ごめんあそばせっ」

大声で呼んでいるのに反応がない。

「ごめんあそばせって言ってるでしょっ」

お客がついに怒って、窓ガラスを叩き始めた。

「あっ、すみません」

母は慌てて店先へ出てきた。

「ごめんなさい。遅くなりました」

「何度呼ばせればいいの。私の声が聞こえないの。他の花屋にいくわよ」

「申し訳ございません」

母は必死に謝り、マダムのうるさい注文に精一杯対応していた。

母は右耳が聞こえないのだった。

何故聞こえなくなったのか、詳しくは教えてくれなかったが、子供の頃「お母さんはその分左の耳がよく聞こえるのよ」と得意そうに話していたことを覚えている。

小さい頃、台所でごはんを作っている母の右側から「今日のごはん何?」と聞きながら近づいたことがあった。

私に気づかなかった母は、ふいに自分の右側に立っている私に驚いて、包丁を落とし、左手の薬指を傷つけた。

そのときの私を庇う母の目が、本当に哀しそうで、それ以来、私は母の右側ではあまり話をしないようにしていた。

久しぶりに見た一生懸命に働く母の姿。

店は変わっていないようだった。

でも、お母さん――。

少し、年を取ったんじゃないだろうか……。

私は何も言えずお店の前から立ち去った。

2013年12月23日　広尾

広尾の日赤病院からバスで渋谷へ行き、表参道へ向かった。

私は、中等部時代から、青山大学管弦楽団に所属し、オーケストラ編成の一員となって活動している。

オーケストラとは、弦楽器であるバイオリン、ビオラ、チェロ、コントラバスと木管楽器であるフルート、金管楽器のホルン、打楽器のティンパニーなどで構成されている。

これらすべてを使った最も大きな規模の曲が交響曲だ。

私のパートはバイオリン。

バイオリン歴はかれこれ8年になる。

大学1年のとき、裕子にもその当時彼氏がいなかったので、なかば道連れ的に管弦楽団に所属させた。

同じバイオリンを担当しているが、2年目の裕子はもうすでに私の実力を追い越そうとしている。

子供の頃、母がピアノで弾くパッヘルベルの『カノン』を、いつも私はそばで聴いていた。

実家には深いビロード色した年代ものの古いピアノがあり、母が機嫌のいいとき弾く『カノン』という曲が特に私のお気に入りだった。

それをマスターしたいためにピアノを習ったりもし、私は母譲りのパッヘルベル愛好家となっていた。

中学入学のとき、私が管弦楽団に入ると聞いた母は、少し驚いていたが何だか嬉しそうにしていたのを覚えている。

そして、私は母から古いバイオリンを渡された。

家の中で一番湿気のない安全な棚に保管されていたバイオリンだ。

「私は弾かないからあなたが弾きなさい」と、私にプレゼントしてくれたのだ。

バイオリンを生まれて初めて見て、そして、手にすることになった私は、自然な形でオーケストラの中でもバイオリンをやることになったのだ。

青山大学管弦楽団で毎年恒例となっている年末の卒業公演は、普段は別々に活動する学内の音楽団体が一堂に会する記念公演となっている。

今回私は、バイオリン協奏曲であるパッヘルベルの「3つのヴァイオリンと通奏低音のためのカノンとジーグ ニ長調」の第一バイオリンのソロパートの大役を務めるのだ。

子供の頃から『カノン』が大好きだった私は、今回の課題曲が『カノン』と発表になったのを聞いて「絶対に私が弾きたいです」と、この学生最後の記念すべきメモリアル公演の第一バイオリンに立候補し、見事その座を射止めたのだ。

この「3つのヴァイオリンと通奏低音のためのカノンとジーグ ニ長調」は、バロック時代のドイツの作曲家ヨハン・パッヘルベルの室内楽曲で、バイオリン3台のアンサンブルと通奏低音という4重奏になっている世界的に有名な楽曲だ。

そしてこの『カノン』には、2つの旋律が対等に寄り添い調和していくことから、「結婚」「秩序」といった「永遠に続く」といった意味合いを持つと言われていることも、この楽曲を魅力的なものにしている。

協奏曲『カノン』の第一バイオリンの座はバイオリニストにとっては最高の舞台なのだ。

私はこの大好きな曲『カノン』にすべてをかけて臨むのだ。

卒業公演は、伝統的に自分の一番大切な人を招待するという主旨で開催されており、普通は父母を招待するのがお決まりとなっている。

私はといえば……、もちろん、母を……、まだ誘えていない。

本音は、卒業コンサートぐらい堂々と母を招待したいと思っていた。

あの憎たらしい母に、私のここ二年での成長ぶりを見せてぎゃふんと言わせられたら、万々歳ではないか。

そんなことを考えていたのだが……。

しかし、私はまだ母を誘えるほど、自分自身の成長に自信を持てないでいる。

やっぱり母を招待するのは気が引けてしまう。

でも空席も恥ずかしいし、この招待席はどうしたいいのだろうと、未だ悩んだまま残り1週間しかないという状況だった。

青山大学はキリスト教系の学校で、毎年11月23日の点火式の日にロンドンから直輸入のクリスマスツリーが贈られてくる。

顧問の先生が言うに、ＯＢの誰かから、毎年匿名で寄贈されているのだという。

なんて後輩思いの素敵な先輩なのだろう。

ロンドン直送の本物のもみの木で出来たこのクリスマスツリーは、高さ2メートル、洗練されたデコレーションで彩られていて、一番上に輝く青いの星のような「A」という文字が印象的だった。

そして、青山キャンパスの銀杏並木の目抜き通りの中心部には、キャンパスで一番大きくそびえる銀杏の木があり、ここも恒例的にクリスマスツリーのイルミネーションが飾られ鮮やかに点灯されていた。

キャンパスが、一年で一番美しい瞬間を迎える。

今年もたくさんの恋人たちがツリーを眺めている。

うらやましさと寂しさが同時にやってきた。これはまずい。

そうだ表参道の交差点から一本裏道に入ったところに美味しいケーキ屋さんがあったな。

今日はちょっと良いケーキを食べようとお店に向かう途中の路地に入ったところに、見知らぬ骨董品屋を見つけた。

こんな骨董品屋、前からあっただろうか？

何か不思議なオーラを放っていて、少しお店の中を覗こうとお店に一歩踏み込んだら、突然、軒先にいたお婆さんに引き止められた。

「お嬢さん」

「はい？」

「まだなの？」

しわがれた声で、いきなり意味不明な言葉を囁かれた。

思わず聞き返した。

「何が？」

「耳を澄ましなさい」

私は一応耳を澄ましてみたが、もちろん何も聞こえない。

「目を凝らしなさい」

念のため目を凝らしてみたが、やっぱり何も景色は変わらない。

「強く念じなさい」

「何をですか？」

もう何が何だかわからない。

「もう動いているんだよ」

「だから何がですか？」

「早くお行きなさい！」

お婆さんはそう言うと、椅子に座ったまま腕を組んで急に眠ってしまった。

その瞬間、お店の一番奥にあった古い柱時計が鐘を鳴らした。

その柱時計を見たが、時刻は11時9分を刻んでいた。

おかしいなと思って自分の腕時計を見ると、午後5時である。

どうしてこの時計は11時9分を指しているのだろう。

何が何だか訳がわからない。

私は気味が悪くなってさっさと店を出ると携帯電話が鳴った。

画面を覗くと、着信番号には母の携帯番号が記されていた。

いったい何事だろう。

家を飛び出して以来、電話なんかよこしたこともないのに――。

少し躊躇しながらも店を出て電話に出る。

「……はい」

「私です」

久しぶりに近くで聴く母の声。

「……どうしたの?」

怪訝そうに訊く私は、次の母の言葉に驚いた。

「今日の夜、一緒にご飯でもどう?」

「今日?」

「予定があるの?」

まるでないのが当然とでも言いたげな口ぶりだ。

しかし、予定がないのも事実だった。

「……、夜は空いてるけど」

「じゃあいいじゃない。はい決まり」

私のことはすべて見透かしているかのように母の口ぶりは軽かった。

果たしてこれが本当に、二年間一度も口をきいてこなかった親子の会話か？

「どうしたの急に？」

私はさらに怪訝な口調でそう聞かずにはいられなかった。

「話があるの」

「何？　話って？」

「あなたのこれからのことよ」

一瞬たじろいだ。私のこと？

私は軽く受け流して答えるのが精いっぱいだった。

「お説教だったら勘弁してね」

「ハハッ、じゃ、今夜、天現寺のアッピアで7時に待ってるわ」

母はあっさりとそう言うと、電話を切った。

いったい、どうしたことだろう？

気乗りはしなかったが、母がいったい何を思いついたのか多少の興味を抱いた。

何と言っても二年ぶりに会うのだ。

単に気が向いたから、というような軽い気持ちではあるまい。

クリスマス間近に暇な娘を見越しての話？

ついにモテない娘に見かねてお見合いの話か？

母の性格から推測して、その心配だけは無用かとは思うが、いったい何の話のために私を待っているというのだろう?

私には何か胸騒ぎの予感がしていた。

母が待ち合わせに指定してきた「アッピア」というお店は、知る人ぞ知る名店として、各界の著名人で連日溢れている。

最寄りの広尾駅からは少し離れており、南麻布のマンションの半地下に隠れている佇まいも高感度人間たちを刺激している要因だろう。

私は、母に連れられて何度か来たことがあるが、いつも芸能人がいた。

前回来た時には、奥に大御所の女優さんがいて驚いた記憶がある。

高そうな材質の木の扉を開けると、品のよい店員に迎えられ、テーブルへ導かれた。

いつもどおり賑わう店内の一番奥の、赤いバラが飾られたテーブルに、もうすでに母は座っていた。

母はいつも時間通りだ。約束した時間は絶対に厳守する人だ。

二年ぶりの母の姿を一目見た途端、私は一瞬目を疑った。

髪を丁寧に束ねて、アイシャドウも口紅もきちんと塗られている。

オフホワイトのジャケットに胸には真珠のネックレスが光る。

今日の母は何だか輝いていた。

こんなオシャレで綺麗な母の姿を見るのは初めてな気がする。

いつもお店で汗をかき、必死に働いていたあの母とは、まるで別人のようだった。

そして、母はいつものように、指輪をしていなかった。

2013年12月23日　広尾

私は今まで一度も指輪をしている母を見たことがない。

そのかわり母はいつもブレスレットをしていた。

少し錆び付いた年季の入ったシルバーブレスレットがついている。

このブレスレットは、よほど大切な品なのだろう。

お風呂に入っている以外は母が外しているところを、私は見たことがない。

そして相変わらず母の手は水仕事でボロボロだった。

少し緊張していたが、二人を隔てた二年の時間を埋める第一声は母からだった。

「久しぶりね。今日はありがとう」

「こちらこそ、お招きいただきまして」

私は素直に挨拶が出来なかった。

ぶっきらぼうに言い返している自分がよくわかった。

「彩佳、20歳の誕生日おめでとう。これプレゼント」

そういって母は私に、小さな箱を渡した。

母からプレゼントを貰うのは、中学3年生のとき以来だ。

「えっ！」

この展開を予想してなかった私。

もちろん自分は母にクリスマスプレゼントを用意出来ていない。

母の思いがけない優しさと自分の不準備に動揺を隠すのに必死な私は、ますます偏屈になってしまう。

「いきなりプレゼントなんて、私は用意してないわよ」

「そんなの期待していないわよ。そんなことあなたが一番よくわかっているじゃない」

「……まぁね」

あまりに図星をつかれ反撃ができない私は、プレゼントの包みをぶっきらぼうに開けた。

母からの贈り物は鮮やかなオレンジ色の品のよいエナメルボックスだった。

エナメルボックスは英国では、大切なゲストへの贈り物としてアクセサリーの小物入れとして愛用されているというのを雑誌で読んだことがある。

かつてイギリスのメージャー首相も雅子妃殿下に結婚祝いとしてエナメルボックスを贈ったという。

そしてこのエナメルボックスの裏には、「～愛されることの奇跡を大切に～」と記されていた。

この時の私は、この言葉のメッセージの持つ意味をすぐには理解出来なかった。

何故なら、私を心から愛してくれてた人なんてこれまでの人生で一人もいなかったんじゃないかと自己分析している私は、「人から愛される」感覚が判っていなかったのだ。

「愛される奇跡って言われてもねぇ……」と、心の中で毒づいた私は、あえて母にこの意味を聞かなかった。

「ありがとうも言えないのかしら？」

「……ありがとう」

「よろしい」

母は、深い愛情に包まれたように微笑んだ。

こんな母の笑顔を私は覚えていない。

ワインで乾杯した後、母は意を決したかのように真剣な表情で語りかけた。

「今日あなたを呼んだのはね……あなたに伝えなきゃいけないことがあって……」

「……何？」

「実はね、今年限りで花屋をやめようと思っているの……」

「えっ？」

突然の言葉に、冗談かと思った。

しかし、母の表情はいたって真剣だ。

「年が明けたら私も自由に生きてみようかなと思って……」

「は？」

「だからあなたも一人でしっかり生きて」

母はきっぱりと言った。

「以上、よろしく！」

突然の自由宣言をした後、ワインをぐっと一気に飲み干した。

その顔は少し紅潮している。

「なによ、どうしたの？」

あまりの唐突さに、私は怒りすら覚えてきた。

いったいどういうことだ。

今までずっと私を放って花屋の仕事に専念してきたのに、それをいとも簡単に捨ててしまうなんて……。

当然聞かれるであろうと予想していたらしい質問に、母はゆっくりと静かに答えた。

「今まで、お店を存続していくためにずーっと休みなしで頑張ってきたわ。あなたにも寂しい思いをさせてしまって……ごめんなさいね。でもね、ずっと前から決めてたの。あなたが大学を卒業する歳になったらお店をたたもうって」

「……それにしても突然だね」

「今日あなたに言っておかないと、あなたがどっか遠くに行ってもう会えないんじゃないかなって気がしたのよね」

「私がどこに行くって言うの？」

「ふふ……」

母は不敵に微笑み、優しい目で私をみつめていた。

「自由になって何をするの？」

「実はね、あるものを探しに行こうかなって」

「あるものって、何を？」

「それは秘密……」

年を取って優しくなった母の目には強い決意があふれていた。

「それよりあなた、卒業したらどうするの？」

私が今一番イヤな質問だ。

「まだ就職が決まってない」

「どうするつもり？」

「まだわからない……」

「わからないって何なの」

「わからないからわからない」

私も負けじと言い返す。

母は突然強い口調になって、

「とにかく、いい、しっかり聞きなさい。自分が本当に好きなものを見つけなさい」

「……」

「見つかったらその好きなもののために努力しなさい。きっと立派な仕事になる」

久しぶりに聞いた母のお説教は力強かった。

自分が本当に好きなものって何だろう？

母の言っていることが胸に刺さり、私は黙り込んでしまった。

突然、母はバッグから預金通帳と印鑑を取り出してテーブルに置いた。

「ここに１０００万あるわ。あなたの人生のために好きに使うがいいわ」

「えっ？」

あのケチな母が、私のために1000万？

まったく信じられない出来事だ。

「あなたには節約節約とお金に厳しくしてきたけど、全部あなたのために貯金しておいたのよ。だからこれはあなたのお金」

そう言って、母は二つの品を私に差し出した。

「何か事業を始めるもよし、外国で暮らすもよし、貯金するもよし、あなたの人生のために好きに使いなさい」

母の声はこれ以上になく力強くそして温かかった。

「そして私は花屋をやめる。青春をもう一度取り戻すために残りの人生を過ごすわ」

母は目を細める。

「そう決めたの」

どうして？　私は心の中で問いかけていた。

どうして今になって、そんなことを――。

「あなたのため」

いつも私を叱るとき、たしなめるときに使っていた母の言葉が耳によみがえる。

私のためって、このことだったの？

今日この日のために、母はずっと苦労して、働き続けて、そして私のためにもお金を貯めてくれて。

全てはこの日のために……。

しかし私は、目の前の預金通帳と印鑑を押し戻して言い返した。

「何よ。突然そんな事を言われても……勝手にかっこつけないでよ」

気持ちの整理が、出来ていなかった。

またいつもどおり、意地を張って歯向かってしまう。

母はとても残念そうに苦笑いしてうつむいた。

心の中では少し言い過ぎたかなと反省している私がいた。

しばらく沈黙が続いた。

気まずくなった私は話題をそらそうと質問を切り出した。

「前から聞きたかったんだけど……どうして花屋さんになったの？」

花の話題のせいか、母の表情が少しだけ和んだ。

「お花のある場所が好きなのよね。私の人生の中にいつも花がそばにあったから……、それで幸せだったし……。人に幸せを届けてる……それが生きがいかもね」

母はバラが好きだった。

愛する人を幸せにするという花の王様。

テーブルに飾られた一輪の赤いバラを、母はずっと見つめていた。

「このあと家に行ってお茶でもしない？」

母から言われ、久々に実家に戻った。

高校卒業と同時に喧嘩で家を出た私としては、何か気まずさがあるが、今日の母は、そんな私たちの微妙な距離を一気に縮めてくれた。

久しぶりの実家は、相変わらずお花であふれていた。

私はすぐにベランダに向かった。

ベランダのプランターには、冬の季節花・クリスマスローズが咲き誇っていた。

ベランダ一面に剪定、誘引され、オベリスクにグルグルと枝を絡ませて行燈仕立てにしている、つるバラを見つけ母に尋ねた。

「あのつるバラは何が咲くんだっけ?」

台所でお茶を入れてくれている母は、得意そうに、

「ウィリアムシェイクスピアよ、日本では貴重な品種のイングリッシュローズなのよ」

「ふーん」

母は奥行き1メートル、幅6メートルのマンションのベランダに一鉢一株でイングリッシュローズを、20年間育てている。

日本で最も小さいバラ園だ。

手摺り沿いに立体的に並ぶバラの姿は建物の前に遮るものがないので、星空を背景にとても絵になっていた。

夏は日当たりが良すぎて蒸れる、室外機の熱風が避けられないなどバラには過酷な環境だが、不思議に昔から枯れたのを見たことがない。

2013年12月23日　広尾

むしろ年ごとに花色が鮮やかに洗練され、花つきも良くなっているように思う。

「このバラたちとももうすぐお別れしなきゃね……」

寂しそうにそう言うと、母はベランダに行き、プランターのクリスマスローズを一輪摘み取ってテーブルに飾った。

「さっき言ってた探し物ってなに？」

私は急に先ほどの母の言葉が気になり質問した。

「置いてきた夢……かな」

母は、用意していたかのように答えた。

「夢？」

そういって私はリビングの隣にある母の書斎に入った。

この部屋に入るのは久しぶりだった。

子供の頃はよく入って母の本を勝手に読んだりしていた。

書斎には、歴史を感じる大きなアンティークの机と、年季の入った総革張りの椅子がどっしりと構えていた。

母は、父の形見だと言ってとても大切にしていた。

私は、この椅子に一度も座ったことはなかった。

子供心に、この机と椅子には父と母の崇高な世界があって、入ってはならない聖域として自分は座ってはならないものだと感じていて、ずっと遠ざけていた。

書棚には、シェイクスピアをはじめ、イギリス庭園やバラの本が沢山並んでいた。

ビデオやDVDも『ロミオ&ジュリエット』、『秘密の花園』、『ノッティングヒルの恋人』、『恋に落ちたシェイクスピア』、『ネバーランド』、『ラブ・アクチュアリー』『ブリジット・ジョーンズの日記』……挙げればキリがないが、これらはすべてイギリス映画だ。

やはり、私のイギリス映画好きなどの趣味嗜好は、母の影響を受けていたんだと改めてわかった。

書棚の横には、大きな絵が飾られていた。

ロミオとジュリエットのベランダでの最後の別れの朝のシーンを描いたもので、F・ディクシーの代表作だ。

ウイリアム・シェイクスピア。

私も中学生の頃から、母の書斎に並んでいたシェイクスピアの本を、片っ端から読破していた。

母は『ロミオとジュリエット』が特に好きだといっていたが、私もそうだった。

私は、とても懐かしくなり、古くなった『ロミオとジュリエット』を手に取り、ページをパラパラめくったりした。

「この『ロミオとジュリエット』、もうボロボロね」

「100回は読んだわ」

「そんなに？」

「そうよ。だって、あなたのお父さんとの思い出の物語だから……」

久しぶりに「父」という言葉が母の口から出てきた。

私は思い切って聞いてみた。

「お父さんとの想い出……？」

この質問をした時、母の動きが止まった。

「そう……素晴らしい想い出だわ……」

母から父への想いを聞くのは珍しかった。

何かいつもと違う雰囲気を感じる。

「あなたも悔いのないような恋をしなさい。どうせ、男の子に意地張ってばかりいるんでしょ。モテないわよ、そんなんじゃ」

母の一言にまた私のいつものスイッチが入ってしまった。

「お母さんには言われたくないわよ。お母さんに何がわかるっていうのよ」

また、毒セリフを吐いてしまった。

「お父さんとお母さんがどんな恋愛をしていたのか知らないし、大体話してくれないじゃない」

それを聞いた母は、珍しく、少し語気を弱めた。

「……確かにあなたにはお父さんとの話をほとんどしてこなかったわ……。それはね、まだお父さんとの約束を果たしていなかったから……。きちんとケジメをつけてからあなたに話そうと思ってたの……」

「ケジメ？」

母は『ロミオとジュリエット』の絵を見つめながら、思い切ったように口を開いた。

「実はね……、ロンドンに行こうと思ってるの」

「ロンドン……」

意外な言葉が飛び出し、私はさらに驚いた。

「果たせぬ夢を探しに……なんてね」

少し恥ずかしそうに微笑む母は照れ隠しに鼻歌を歌う。

母は上機嫌なときにパッヘルベルの『カノン』の鼻歌を歌う癖があった。

母は、娘にお菓子を作って食べさせてあげる幸せをかみ締めている、まさに「母親」の表情だった。

その時だった。私の目の前で母が崩れるように倒れこんだ。

突然襲ったこの状況を、私は一瞬、理解することができなかった。

「お母さん、しっかりして！　大丈夫⁉　お母さん」

私は咄嗟に母を抱きかかえ、揺すり起こしても母は目を閉じてまったく動かない。

静まり返ったこの部屋に、私の絶叫が響き続けた。

テーブルに飾られていた一輪のバラの花は、その時、力尽きたようにポトリと落ちた。


クリスマスで賑わう街並みを傍目に、まさか病院の一室で過ごすなんて夢にも思わなかった。

救急車から降りたらすぐＥＲに運ばれ血液検査、ＣＴスキャンと速やかに処置された。

母は依然意識が戻らない。

私は、目を開けない母を横で見守ることしかできなかった。

やがて、眼光鋭い医師が病室に入ってきた。

「外科部長の工藤です。御家族の方ですか？」

「はい……」

「そうか……あなたが、神山美夏さんの」

工藤医師は私をじっと見つめては、そんなことつぶやいた。

私は予想外の言葉に眉をひそめた。

「私の母をご存じなんですか？」

「ええ……。むかし、ここに入院されていたことがありましてね……」

工藤医師は少し遠い目をした。

「それにしても皮肉なものだ……」

「えっ？」

「あなたのお母さんの病気は、亡くなったお父さんと同じ病気なのです」

「父と、ですか……？」

まさか、父は今日の母と同じような症状で亡くなったというのだろうか？

絶句する私。

この先生は父のことも知っているのか？

頭が混乱してきた。

大量に溢れ出す疑問を問いただす時間を私に与えたくないかのように、工藤医師は説明を続けた。

「美夏さんは、脳動脈瘤破裂によるクモ膜下出血と思われます」

「クモ膜下出血……」

工藤医師はうなずく。

「脳血管の一部がふくらむ脳動脈瘤が4個見つかりました。そのうち7ミリ程の瘤が破裂し、クモ膜下出血を起こしています。このままでは危険です」

「どうすればいいのですか?」

「手術の必要があります」

「手術……」

「しかし、今すぐ手術というわけにはいきません。この症例は稀なもので、解離性の疑いもあります。容態がある程度安定するのを待って、どの手術が適しているか見極めなければなりません」

工藤医師は、厳しい顔をして続けた。

「今日の出血は比較的小さいものでしたが、その脇に、大きな動脈瘤が見つかりました。もし、再度血管が破裂することとあれば……助からないでしょう……」

「手術は……?」

「おそらく脳動脈瘤クリッピング術となるでしょう」

「クリッピング……?」

耳慣れない言葉に、私は聞き返す。

「開頭して破裂した脳動脈瘤の部分にクリップを挟んで今後の破裂を防ぐ手術方法です」

「成功するのですか?」

「かなり難しい手術となります。美夏さんは、過去にも何度か手術を受けております。申し上げにくいのですが、今回のケースの成功の可能性は30%です」

「30%……。成功しない場合は……?」

「50%は再破裂による急死、20%は麻痺、または意識障害が残る可能性があります」

目の前が真っ暗になった私は、どうしていいかわからずうろたえた。

「先生、お願いです。母を助けてください」

「もちろん、全力を尽くします。しかし、手術が成功するもしないも本人の生命力次第なのです……」

つまり、運命に従うしかない、ということか……。

「手術前に沢山の検査があり、準備が必要です。手術は最も早くて一週間後の12月30日の午前10時となりますが、いかがでしょうか?」

成功率たったの30%の手術。絶望的な数字に少し躊躇したが、覚悟を決めた。

工藤医師から手術に対する承諾書が手渡され、淡々と説明された。

今の私には何を説明されてもさっぱり頭に入らないし、何が書いてあるのか読む余裕などないまま、震える手で必死に自分の名前を書いて、工藤医師に返した。

「お願いします……。母は手術までに意識は戻らないのでしょうか?」

「今は、痛みを抑えるために薬で眠っております。薬がうすれる明日の朝には意識は戻るでしょう。その際、手術をすることの説明などお話しされたほうが良いでしょう」

「……はい」
一通りの手続きを終えた私は、隣にある待合室のイスに背中から倒れこんだ。
誰かに突き飛ばされたようだった。
家族が死の宣告を受けるというのは、こういうものなのだろうか？
いままでこんなことは夢にも思い描いてもいなかった私は、ひどく動揺していた。
一人きりになった私は目を閉じ、考えた。
家族は私たった一人だ。祖父も祖母ももういない。
母も父を亡くしたときは一人ぼっちだっただろう。
小さい子が一人残り、どんなに心細かっただろうか？
それでも母は私を気丈に育ててくれた。
母は何て強く生きてきたのか。
こんなとき母ならどうするのか？
呆然と椅子にもたれていた私は、窓の向こうで雪が降りしきっていることに気づいた。
初雪のホワイトクリスマス。
そんな情緒も私はまったく感じることが出来なかった。
そして、その雪の向こうに教会らしきものを見つけた。
そういえば、ここはカトリック系の病院で、隣には教会があったことを思い出した。
教会で神様に祈りの言葉を捧げてみよう。

2013年12月23日　広尾

今の私には、そう思うのが精一杯だった。

病院の裏玄関から程近い隣接する教会は、一面ツタに覆われた、由緒あるカトリック教会だ。

外は粉雪が舞い、凍えるほど寒い。

私は、雪を振り払いながら必死に教会へと走った。

教会の大きな扉には鍵がかかっておらず、私は中へと入ることができた。

薄明かりの、誰もいなくなった教会。

大きく鮮やかなステンドグラスに荘厳な祭壇。

一瞬にして厳粛な空気に飲み込まれた私は、イエス様の前でひざまずいて手を組み祈りを捧げた。

「天に召します我らがイエス様、どうか私の母を助けてください。お願いします」

私は、目を閉じ、ただひたすら祈り続けた。

その時、突然教会のドアが開き、そこには一人の初老の男性が立っていた。

祈りを捧げていた私には、その男性が天から舞い降りたサンタクロースのように思えた。

その初老の男性は、豊かな髭をたくわえた恰幅のよい紳士だった。

品の良い、三つ揃いのスーツに鮮やかなスカーフを身にまとい、私に穏やかに語りかけてきた。

「神山さんのお嬢さんでしょうか？」

「……はい」

突然自分の名前を呼ばれ驚きながらも、私が恐る恐る答えると、ゆっくりと頷き、かぶっていた帽子をとり、姿勢を正し、

「中村と申します。あなたのお父さんの友人であり、弁護士をやっております」

そう言って私に名刺を出した。父の友人？

これまで、私の父を知っている人には一度たりとも会ったことはなかったのだが、今夜、工藤医師とこの中村弁護士と、いきなり二人と出会ったのだ。

「やっと、この日が来ました」

「どういう意味ですか」

「あなたのお父さんとの約束で、今日この日に、あなたにこの封筒を渡すように遺言で頼まれております」

「お父さん？」

「はい」

「お父さんなんて……私は会ったことすらありません」

「そうでしょう」

深く頷き、話を続けた。

「彩佳さん。12月24日、明日はあなたの誕生日ですよね？」

「はい……でもなぜ知っているのですか？」

「あなたの父さんは自分が死んで20年経った今日、自分の子供が20歳になる時にこの封筒を渡してほしい、と契約されました」

心臓が高鳴るのを感じる。

父が亡くなる前に私に遺した封筒――。

私の声は自然と上ずっていた。

「一体その中身は何ですか？」

「私はあなたのお父さんの遺言状にしたがって、この封筒をあなたにお渡ししますが、その前に少し説明いたします。あなたのお父さんは亡くなる直前に遺言状をお書きになりました。それには《まだ生まれていない自分の子供にこの封筒を譲る。ただし、本人が認めない場合は譲渡しない。また、あなた以外は誰も封筒を受け取ることは出来ない。さらに、その封筒を強制して受け渡してはならない》と記されております」

「父は、まだ見ぬ私にこの封筒を遺したというのですか？」

「はい、私がこの封筒を受け取りました」

私の声は緊張でかすかに震えた。

「そんな大事なこと……今まで全く聞いておりませんでした」

「もっともでございます。ご家族の誰にも知らせてはならないという契約でしたから」

事態を全く理解できていなかった私だが、しかし、この弁護士は何か信頼してもよさそうな気がした。私の直感である。

まるでサンタクロースのように笑みをたたえ穏やかな口調で中村弁護士は語る。

「神山彩佳さん、あなたはこの封筒を受け取りますか？」

「……はい」

中村弁護士は封印紙を破り、油紙をはがして、和紙に包まれている封筒を私に手渡す。

「あなたが今日いらっしゃらなかったらこの封筒は永久に眠り続けるところでした」

封筒は分厚くずっしりと重かった。

中村弁護士は、大仕事をやり遂げたような満足感で大きく目じりを下げ、うんうんと何度も頷いていた。

「それでは失礼します。明日は今年一番の冷え込みらしいので、お気をつけて」

「ありがとうございます……」

再び帽子をかぶって帰ろうとしたが振り向きざまに、

「あっ、何かございましたら、私の名刺の連絡先へどうぞ」

そう言って、老弁護士は、重い扉を開け、再び粉雪の舞う夜のとばりへ去っていった。

しばらくの間、私は教会の祭壇の前で呆然と立ち尽くしていた。

夢の中に本物のサンタクロースが来たのかとも思った。

しかし、確かに私の手には、重く古びた封筒が残されていた。

私はとりあえず、母のいない広尾の実家に戻った。

少しでも落ち着かなければと、お湯を沸かしコーヒーを淹れ、テーブルに封筒を置いて、ソファに座り考えた。

まずは、この封筒を開けてみよう。そう決めた私は、母の書斎に入った。

これを読むにはこの書斎がふさわしいと思ったからだ。

父の形見であるアンティークの机と椅子。

これまで一回も座ったことがなかった椅子だが、私は、今夜はこの椅子に座ってもいいのではないかと感じていた。

それは何か運命に導かれているかのようだった。

生まれてはじめて書斎の椅子に座り、机に向かった。

アールデコ調のランプを灯し、大きく深呼吸してから、赤茶色の封筒の固く糊付けされている部分をゆっくりはがしていった。

封筒の中身は、数冊の手帳だった。

１９９３年6月19日の消印が型押ししてあり、背表紙の隅がすりきれていた。

表紙には、「愛するあなたのために」と黒文字で表題がしたためられていた。

そして、小さな一枚のメモが添えられていた。

「親愛なるあなたへ。
突然のことで驚かれているかと思うが、
僕と美夏の愛の記しを、あなたに受け取っていただきたい。
運命が許すならば僕の宝物をあなたの手で取り戻してほしい。
僕の夢をあなたに託したい。
そして、これからの美夏の人生を、あなたが支えてあげてほしい。

2013年12月23日　広尾

隆一より」


メモは万年筆で書かれており、決して達筆とはいえないが、丁寧で細やかな書体だった。

父はどうしてこの「愛の記し」の手記をまだ見ぬ私に遺したのだろう?

「僕の宝物」とは一体なんなのだろうか?

メモには、この封筒をなぜ私に遺すのかの理由は記されていない。

何故この手記を母ではなく私に託したのか?

そう思うと、私はこれ以上この手記を読んではいけないのではないかと考えた。

ほとんど一睡もせずに考え抜いた私の答えは、一つだった。

私は、夜が明けると同時に、母のいる病院に向かって走っていた。

果たしてこの手記を私が読んでいいのか、母に聞いてみなくてはいけないと思ったのだ。

2013年12月24日　白金

午前6時。ＩＣＵで集中管理されている母は、予想外に意識を取り戻していた。

看護師さんが、優しく丁寧に母の顔を拭いたり、点滴のチェックなど、細やかに世話をしている。

看護師さんの仕事には本当に頭が下がる。

世のため人のためにというのは、まさにこういう所で働く看護師さんたちのことをいうのだろうとつくづく思う。

「神山さん、お母さんの意識が戻られましたので、今であればお話しできますよ」

「はい、ありがとうございます」

点滴を施されている母はとても痛々しかった。

花屋を切り盛りしている力強い母の面影はまるでなかった。

私はそんな母を見るのはもちろん初めてで、とても動揺した。

「お母さん、大丈夫？」

「……うん」

母は、相槌を打つのが精一杯の様子だった。

「お母さん、手術が必要で……。６日後の12月30日、午前10時からだって。大丈夫？」

口をきっと結んでうなずく母。

悔しさがにじみ出ているのがよくわかる。

「手術に成功すればまた元気になるから……大丈夫だよ。お店のほうも心配しないで……」

弱々しく微笑む母を見るのは辛かったが、私はあの手記の話を切り出した。

「それとね……お母さん、驚かないでといってても無理だと思うけど……、お父さんからの封筒が届いたの……」

母の眼が見開かれる。

母に動揺が走っているのが明らかにわかった。

「昨晩、私のところに弁護士さんがきて、20年後に私に渡すようにと、お父さんから言われていますって、この封筒を置いてったの」

私はずっしりと重い封筒を母の目の前に持って見せた。

私は続けて質問した。

「お母さん、このことを知ってた?」

母は、かすかに顔を横に振って目を閉じた。

やはり、母も知らないことだったのか。

重く圧し掛かる責任が私を襲ってくる。

「私……読んでいい?」

母は、小さいながらも精一杯にうなずいていた。

目を閉じる母の頬には、一滴の涙がつたっていた。

「彩佳……私の代わりに、ロンドンに行って……。オルゴールを探して欲しいの……」

「オルゴール？」

そう言うと母は力尽きたかのよう目を閉じ、意識を失った。

母から、父の20年ぶりの手記を読む許しを得た私は、すぐに広尾の実家に戻った。

新たにコーヒーを淹れて一息入れた後、再び母の書斎に入り、ノートに向かった。

数冊に亘る父の手記を、父の形見の年代モノの机の上に置き、「愛するあなたのために」と、表題に書かれた父の文字をじっと見つめた。

病床で見た母の涙に、責任の重さを痛切に感じている私は、ページをめくる手が少し震えているのがわかった。

私はひとつ大きく深呼吸して、思い切ってページを開いた。

最初のページの間には、一枚の写真が挿し込まれていた。

その写真には、古い石壁につたう様々な種類のピンク色のバラに囲まれたアールデコ調の二人掛けの白いベンチが写っていた。

写真には「僕の宝物は、スウィート・ジュリエットのそばに眠る」とだけ記されていた。

これはいったい何の写真なのだろう？

どこで写されたものなのだろう？

そしてこのメッセージの意味は何なのだろうか？

この意味を解く手がかりがこのノートに記されているに違いない。

とにかくこの手記を読まなくてはと、私はページをめくった。

その冒頭はメモが挟まれていた。

これが、父の字か。

丸字で癖のある、だけどあたたかみも感じられる文字だ。

四つの単語が書かれていた。

『秘密の花園』、『世界一美しいローズガーデン』、『白いベンチ』、『スウィート・ジュリエット』。

一体これは何だろうか。走り書きだろうか。

ひとまず私は手記のページをめくった。


気づけば真夜中になっていた。

父の遺した言葉は、手記というよりも、散文的な日記のようで、顔も見たことのなかった父の人柄や、温度が伝わってくるような内容だった。

特に興味を惹かれたのは、父もバイオリンをやっていたことだ。しかも『カノン』を弾いていた。

ただ人生をかけたバイオリンコンクールでG線が切れてしまいバイオリニストの道を諦めたのだ。

この日の文章は生々しく、そして痛々しかった。

その後の人生も波瀾万丈で、とてもここには書き尽くせないほどの壮絶なものだった。

ただひとつ、父は徹底したことがある。

それは、この手記は常に母に宛てて書かれていたことだ。

自分の人生の時間と同じくらい、父は母を想っていたのだ。

父の手記を一気に読み尽くし、私は決心した。

私が成し遂げるしかないのだ。

これは亡くなる前の父の願いであり、母の切実な想いでもある。

運命的な何かに衝き動かされる衝動が、私の胸の中に渦巻いていた。

広尾の実家を出てからも、そのことで頭が一杯の私は、昨夜、この封筒を届けてくれた中村弁護士の顔が浮かんだ。

すぐに彼に相談をしようと考え、ブルゾンのポケットにしまった中村弁護士の名刺を必死に捜していた。

私がこんなに行動的で積極的だったことがかつてあっただろうか？

名刺を掴んだその手が少し震えているのは、自分は何か運命的な大きな渦に入りこんで、興奮し必死にもがいているからなのだと、ひしひしと感じていた。

私は一息深呼吸してから、名刺に書かれた番号にダイヤルした。

「中村さん」

「彩佳様、お待ちしておりました」

お待ちしておりました？

まるで私が必ず連絡をすると知っていたかのような口ぶりだ。

私は、いきなり本題から切り出した。

「私、明日、日本を発ちます」

「ほう。ロンドンには私の信頼できる知人がいます。もし行ったら連絡してください。向こうで不自由しないように手配しますから」

「ロンドン?」

「えぇ、ロンドンに行くのでしょう?」

「どうしてそれを知っているのですか?」

「私とあなたのお父様が出会った街ですから。すべては偶然ではありません。私にお任せください」

私は何か運命的なものを感じ興奮していた。

中村弁護士がそう言うのならば、すべてを委ねてみようと、私はそんな気分だった。

そしてその高揚を抑えるため深呼吸してから、ゆっくりと話を進めた。

「中村さん、その方の連絡先を教えてください」

そう言って私は、中村弁護士から連絡先の携帯番号と名前を聞いて電話を切った。

もう私の心はロンドンに向けて走り出していた。

ロンドンの旅に向かうにあたり、何かの手がかりになればと思い、私は、母のアルバムから母の若い頃の写真を探そうと、書斎に入った。

母の古いアルバムは、書棚の一番端に大事そうに置かれていた。

私は丁寧にアルバムを手に取り、ゆっくり開けた。

しかし、このアルバムには母の青春時代の写真は一枚もなかった。

あるのは私との写真だけ。

私の赤ちゃんの時、私がつかまり立ちしている時、幼稚園入園の時、小学生時代の運動会の時、ピアノの発表会の時、小学校の卒業式の時、と、そんなに数は多くはなかったがメモリアルな行事の時の写真が残されていた。

あるのは小学生卒業までである。

中学生以降は一枚もない。

私が母から離れだし、二人で写真をとるような状況ではなかったからだ。

そんな中、一枚の写真に目が留まった。

私の小学校の卒業式の時の写真だ。

ほとんどの写真の中の母は、何だか険しい表情をしている。

しかし、この小学校の卒業式の時の写真一枚だけ、母は笑顔だった。

桜が舞う春の陽射しに照らされた母の笑顔はとても幸せそうだった。

唯一の笑顔が印象的なこの写真に、私は強く引き寄せられた。

私はこの写真をロンドンに持っていこうと決めた。

丁寧にハンカチにくるんで胸のポケットにしまった。

早朝。薄暗い中から家を出た私は、ロンドンに行く前に母の病室に向かった。

ＩＣＵのベッドにいる母は静かに目を閉じている。ずっと意識は回復していない。

手術は５日後の30日午前10時だ。

残り５日間で私はこの旅の目的を果たし、再び母の元へ帰ってこなければならない。

突然の強行日程で、しかも何のあてもない無謀な旅だと自分でも思う。

あるのは父の手記だけ。

母のために、そして父のために、二人の果たせぬ夢を叶えるためにも、何が何でもやり遂げなければならないのだと、私は改めて決意する。

私は優しく母の手を握り、母の耳元で強くゆっくりと囁いた。

「お母さんとお父さんの約束を果たしにロンドンに行ってくるからね」

母は、一瞬少し微笑んだように見えた。

しかし、母は、本当は自分の手でその夢を果たしたかったのだろう。

そんな母の無念さが、母のきっと結んだ口元でわかった。

病室を出ると、そこには工藤医師の姿があった。

父の手記には、工藤医師が私たち家族に深く関わっていたことが書かれていた。

「先生……父も昔、この病院で働いていたんですね」

私の言葉に、工藤先生は一瞬驚きを見せたが、すぐにうなずいた。

「……そうか、もうご存知でしたか……」

工藤医師は、遠くを見るような目をした。

「あなたのお父さんは私の部下でした。それなのに私は隆一くんの命を救えなかった……それが無念でならなくてね……」

父と深い繋がりがある人が目の前にいる。

しかも今でも父の死を悼んでくれている。

私はそれを思うと胸が熱くなった。

「あの……父は、どんな人でしたか？」

父の上司だった工藤医師は、目を細めて答えた。

「優しくて、責任感の強い……男だった……」

手記を読んで私もそう思っていた。

きっと父のそんな誠実なところを母は大好きだったに違いない。

私は何だかとても嬉しかった。

「工藤先生、母を頼みます」

私は深々と頭を下げた。

「もちろんです。しかし、全く予断を許さない状況だ。普通ならば唯一の家族のあなたをロンドンには絶対に行かせない。しかし、君のお父さんもそうだったように、今の君を止めることは出来ないだろう。私は最善を尽くす。だからこちらの心配はしないで、君もお母さんのためにしっかり頑張りなさい」

「はい……ありがとうございます」

心強い言葉に、私はただただ感謝するのみだった。

六本木のグランドハイアット東京のエアポートリムジンバス乗り場に、裕子が、私を見送りに来てくれた。

母の付き添いと花屋の水やりは、ルームメイトの裕子にお願いした。

裕子は忙しいのにもかかわらず、快諾してくれた。

それどころか、管弦楽団のみんなへの私の事情説明までをも引き受けてくれたのだった。

最後の大詰めにきて、第一バイオリンの私が皆と練習できないのは、本当に申し訳なかった。

「必ず本番の舞台までには帰ってくる」と、私の強い決意を、裕子は部員のみんな一人ずつに誠実に伝えてくれた。

親友とは本当にありがたい。

裕子へのお礼はデザート食べ放題で手を打った。

ホテルニューオータニのスーパーショートケーキが裕子の大好物だった。

日本でのすべてを裕子に託した私は、バスに乗り込む前に裕子に言う。

「じゃあ裕子、色々とごめんね」

「彩佳、あっちで悩むことがあったら、これ弾くんだよ」

後ろ手を組んでいた裕子が、何かを私に渡す。

私のバイオリンケースだ。

「え、これ……」

困惑する私に、裕子はまっすぐな眼差しで言う。

「彩佳に絶対必要なものだから」

私は思わず彼女をぎゅっと抱きしめて、心から感謝の気持ちを伝えた。

「裕子、大好きだよ」

成田空港までのリムジンバスでの車中、私は、母との写真を大事に収めた胸ポケットに手を寄せ、この旅の成功を念じた。

自然に表情が引き締まっていくのを感じていた。

遥かなるロンドンの地。

そのどこかに、父が取り戻すことのできなかった、そして母がたどりつくことのできなかったあの思い出が眠っているのだ。

それを、20年の時を経て、娘の私が探し求めに行く。

20歳になったばかりの私の全身は使命感で満ち溢れていた。

命を懸けても遂げられなかった父の想いを果たすという、使命――。

そう。これはきっと運命なのだ。

イケてない私を象徴していた黒縁メガネを外し、コンタクトレンズに付け替えた。

髪も一つ結びにしっかりまとめて、心新たな決意でのぞむ。

そして、私はロンドンの旅へ向かった。

2013年12月25日　ロンドン

ヒースロー空港に、私は降り立った。

私の大好きな映画『ラブ・アクチュアリー』の舞台にもなった国際空港だ。

私の耳に、英語のざわめきが飛び込んでくる。

異国の地に踏み込んだのだという実感が、じわりじわりと身体の中をめぐっていく。

ここからは一人ぼっちだ。

私は父から送られてきた封筒の事を思う。

ここには、ちゃんと父がいてくれる。

そう思えば、大丈夫。私は自分にそう言い聞かせた。

空港から、しっかりとした足取りで第一歩を踏み出す。

ロンドンは、日本との時差はマイナス9時間。

成田正午発のＪＡＬ直行便に乗って、ロンドンに着いたのは、現地時間の午後3時。だから今ここ
ロンドンは、日本より少し戻って12月25日のクリスマスの夕暮れ前。

一年で一番華やかな時期なのかもしれない。

行き交う人は皆、笑顔で幸せそうにみえる。

ロンドンは北海道より北に位置し、冬は午後4時には暗くなるという。逆に夏は午後9時くらいまで日が暮れないらしい。

まずはロンドンの中心部へ向かうために地下鉄に飛び込んだ。

ヒースロー・エクスプレスに乗って30分ほどの終点、パディントン駅で降りた。

ロンドンの玄関口といえるパディントン駅には熊のパディントン像があることで有名だ。

私は、旅のはじめにこの像に会いに行くことを日本にいるときから決めていた。

駅の構内に降り立つと、旅行鞄にちょこんと座っているそのパディントン像があった。

私はカバンから父の手記を取り出し、読み返す。

この手記は父がロンドンに旅立つところで終わっている。

手掛かりは、『秘密の花園』、『世界一美しいローズガーデン』、『白いベンチ』、『スウィート・ジュリエット』。

父は、その白いベンチの下に、オルゴールを埋めたと書いている。

母に『秘密の花園』の場所を教えてもらいたかったが、その後意識が戻らず、結局助言を得ることはできなかった。

母がどこかに日記でも残していやしないかと思って家の中も探してみたのだが、結局何も手がかりは得られなかった。

結果、そのままロンドンに向かうことになったのである。

まったく、父ももう少し気のきいた書き方があったろうに。

それにしても、父がそこまでオルゴールにこだわった理由は、いったい何だったのだろうか。

『あのオルゴールの中には、美夏への想いが詰まっている』

手記には、そんな父の切実な言葉が書かれていた。

どうやら、ここに手がかりがありそうだ。

母との10年後の約束を果たせなかった父は、失意の中でこの駅前にたどりつき、そこで奇跡を見た。

この像に、母が座っていたのだ。

父はロンドンから日本に帰る途中、この場所に立ち寄ったことになる。

これは何かの手がかりになるだろうか？

少し歩いてみようと私は人が流れるほうへ歩いてみた。

しかし、パディントン駅から10分ほど歩いたところで、もう迷ってしまった。

途方にくれていたら、ふと、あの中村弁護士から聞いた連絡先を思い出した。

私のメモには、スギシタカオルというカタカナの名前と携帯電話の番号が書かれている。

まったくあてのない私は、すがる思いで電話をすることにした。

電話番号を入力する私は、何かの違和感を覚える。

この電話番号、どこかで見たような――。

しかし、そのとき私はそれが何だったか思い出せなかった。

「もしもし」

「はい、スギシタです」

「私、東京からきた神山といいます」

「お待ちしておりました。中村弁護士から聞いております。今どちらですか？」

「今は、たぶんパディントン駅の近くだと思います」

「そこは人が多すぎるから、場所を変えましょう。そこからハイドパークを越えて、ノッティングヒルゲート駅前の映画館コロネ・シネマで待ち合わせしましょう」

「ノッティングヒル？　あの映画の？」

「そう。素敵な街ですよ」

「嬉しい！　では19時にその映画館でお会いしましょう！　ありがとうございます」

私は、パディントン駅付近から、待ち合わせの場所であるノッティングヒルに向かうため、スギシタさんに言われたとおりにタクシーに乗った。

ノッティングヒル。

誰もが知っているあこがれの街だけど、頭をまっさらにして街並みを眺めてみると、緑が多く、高層ビルもなく、都会なのに田舎街みたい。

ノッティングヒルゲート駅前のストール（屋台）は印象的だった。

小さいながら、旬の花が色々。

駅前に交差点に出ると映画で何度も観た『コロネ・シネマ』があった。

主人公のヒュー・グラントが、一人淋しく映画を観ていたあのシーンで有名な映画館だ。

興奮の連続の私だが、このノッティングヒルの空気になんだか懐かしさを感じていた。

なんだろうと考えたらこの雰囲気が実家のある広尾の空気と似ていると感じていたのだ。

私は、憧れと懐かしさの入り混じった感傷的な気分にしばらくボーッとしていたが、19時の時報の鐘がなり、ハッと我に返った。

急いで電話をしなくては。

「もしもし神山ですが、今、着きました。スギシタさんはどこですか？」

「もうあなたの目の前ですよ」

振り向くと、そこには一輪のバラを携えたイケメンの素敵な青年が立っていた。

その青年は、ベージュのトレンチコート、オレンジ色のタートルネックセーター。ビンテージ風のデニムにショートブーツ。

実に洗練されてオシャレだった。年齢は大人っぽくみえるが20代後半だろうか。

「ようこそ、彩佳さん」

と爽やかに微笑み、鮮やかな黄色の一輪のバラを私に渡した。

「は、は、はじめまして」

私は腰を抜かすほど驚いて、思わず渡されたバラを落としそうになった。

なぜなら、初対面で彩佳と呼ばれたたし、何より、男性からバラの花を貰ったのは生まれて初めてだったからだ。

恥ずかしさと嬉しさで、ポーッと赤面してしまった。

私は花のプレゼントにめっぽう弱い。

しかし、悲しいかなイケメンに免疫がない私は、この手のアプローチには必要以上に危機管理能力が働いてしまって、逆に警戒心を抱いてしまうのだった。

この手のタイプは気をつけたほうがいいに決まっているのだ。

すぐに毅然と姿勢を正し、目を見開いて質問した。

「どうして私の名前を知っているのですか？」

「私は何でも知っておりますから」

不敵そうに微笑むスギシタさん。

「はぁ……そうですか……」

なんか、ちょっと怖いな……。ますます気をつけないと。

私は、力なく笑顔を作るのが精一杯だった。

「改めまして、スギシタカオルです。よろしく」

「どうぞ、よろしくお願いします」

力強く握手をした。

「近くのカフェでお茶でもしましょう」

カフェ・ドゥマゴに私たちは入った。

カフェオレを注文した私は、事のいきさつを一通りスギシタさんに説明した。

スギシタさんは、それをずっと黙って聞いてくれた。

「なるほど、彩佳さんはお父さんの原稿に託された思いを辿りにロンドンに来たわけですね」

「はい、父はこのロンドンのどこかに、オルゴールを埋めたはずなんです」

「どこだろう?」

「わかりません……。『秘密の花園』、『世界一美しいローズガーデン』、手がかりはそれくらいしか……」

スギシタさんは私の熱意を理解してくれたのか、身を乗り出して切り出した。

「うん。それじゃあ、明日からそのガーデンを探してみよう。僕も手伝いますよ。今日はとりあえず休んでおくといい」

「ありがとうございます」

私は笑顔で頭を下げる。ロンドンに来て初めての笑顔のような気がした。

「それから、僕のことはスギシタさんじゃなくて、ファーストネームの『カオル』で呼んでもらってもいいかな?」

「は、はい……カオルさん」

「ところでここのカフェに見覚えはない?」

「え?」

「『ノッティングヒルの恋人』で、ウイリアムとアナがデートした場所だよ」

言われてみればそうだ。

何度も観た出会いのワンシーンの場所だ。

私は改めてお店をぐるっと見回して興奮した。

2013年12月25日　ロンドン

ちょっぴり、ジュリア・ロバーツになった気分だった。

私たちは、ロンドンの名所、世界遺産のタワーブリッジを目指し、バスで移動した。

あのロンドン名物の二階建ての赤いバス、ダブルデッカーである。

ロンドンの象徴的な存在だ。

運良く二階が空いていたので、最前列に座った。

ここからの風景はちょっとした観光バス気分だ。

ロンドンはバスもタクシーも人も背が高く、建物の中の天井も高いのに、超高層ビルはなかった。

それが何だか私には良かった。

ロンドンは快晴で夜なのに暖かく感じた。

ウールのジャケットを持ってきたのに、私が興奮しているせいか、今夜は必要なかった。

夜風が本当に心地よかった。

ロンドンの街並みを眺めていると、花束を持った人をよく見かけた。

ストールにはお客さんが次々に訪れていて、最新のファッションに身を包んだ女性がバラ一輪だけ持っている姿はとても絵になっていた。

若い男性が赤いバラを持っている姿もよく見かけた。

「バラを持っている男性が多いですね」

「そう。深紅のバラには、男性から女性への『本気で愛しています』というメッセージがこめられていて、なかでも12本贈るのが真実の愛の印なんです」

「素敵ですねぇ」

といいながら、先ほど私が貰ったバラは、黄色で一本ということに気づき、なんだか少し残念な気がした。

「ところでカオルさんは、何をしている方なのですか？」

「臨床心理士、わかりやすくいえばカウンセラーの仕事をしている」

「カウンセラー……？」

「そう。人の悩みを聞いてあげるのが、僕の仕事だ」

「じゃぁ、私の悩みなんかも診ていただけるのでしょうか？」

「悩み？」

「実は私、病気みたいなんです……」

「病気？」

「はい。心が、ちょっと」

「そうか……」

「医者からは、双極性障害と診断されました」

初対面の人にこんな心の内側までもさらけ出すのはおかしな気がしたが、カオルさんは、そんな私をすべて受け止めてくれそうな安心感があった。

「急に落ち込んで夜も眠れなくなるし、かと思ったらテンションがどんどん上がって何でもできる気がして急に人に話しかけたくなったりして……」

「なるほど。では、内観をしてみるといい」

「ナイカン？」

「そう。内観っていうのは、心の内側を観るってことだけど、自分を見つめ直すために用いられる療法なんだ」

私はカオルさんの話に聞き入る。

「内観療法の特徴は、過去の対人関係の中での自分の態度を徹底的に内省させることなんだ。自分が今幸せかどうかは、自分の考え方、他人の関わり方によって左右される。

もし不安に感じているのであれば、自分のどこに問題があるのか、今まで生きてきた道を振り返って探り、心のやすらぎの道を模索する方法が内観療法だ。内観を行うには一週間が基本なんだけど、今回は二日しかない。出来るだけ集中して繰り返してみて」

「どうやるのですか？」

「今から説明するよ」

といってカオルさんはポケットからメモ用紙を取り出し、モンブランのボールペンで何やら図を描き始めた。

縦に等間隔で2本の線を引き3等分区切って、最初に右側から『してもらったこと』、次に『してあげたこと』、最後に『迷惑をかけたこと』と書いていた。

「まずは、自分を見つめて１８０度立場を入れ替えてみることから始める。

自分を見つめるには三つの見方がある。

一つは、得られなかったものではなく、得たものに目を向けること。

二つ目はしてもらうことばかり考えて他人にしてあげることを少しも考えていないことが多いので、自分自身は相手の人にどういうことをしてあげたかということを、きちんと振り返ってみること。

三つ目は、人から迷惑をかけられたことは覚えており、それをずっと恨んでいることがあるね。ところが自分が人にかけた迷惑にはまったく気づいていないことがある。自分がどういう迷惑を人にかけているかということを考えてみることが大切なんだ」

「はぁ……」

「いい？　自分が『してもらったこと』、『してあげたこと』、『迷惑をかけたこと』の三点を過去に遡って小学校入学前から現在まで、時期を区切ってじっくり思い出してみて」

「誰に対してですか？」

「子供の頃から、彩佳さんの一番身近にいる人は誰かな」

私は少し考えてから答えた。

「母です……」

「そう、お母さんだね」

「私の家族は、母だけなんです。父はすでにいなかったですし、兄弟は誰もいません。母方の祖父母は私が幼い頃に亡くなってしまっていて覚えていませんし、父方の祖父母には、会ったこともない……」

一番身近で、一番避けてきた存在――それが母だった。

私はつい疑わしげに聞き返してしまう。

「それで解決するのですか?」

「まずは、自分自身を知ること」

「自分自身を、知る……」

「二日間、三つの質問のことをじっくり考えてみて」

「はい……」

カオルさんは説明を終えると真剣な表情からまた優しい表情へ戻り、メモを私に渡した。

「明日、朝早く出発になるから、今日はもう帰って休んだほうがいい。今夜のホテルは?」

情けなくも答える。

「まだ決めていません……」

「それも予約しよう。しかし、本当に何も決めずに飛び出してきたんだね」

カオルさんは半分呆れ顔だったが、どこか楽しそうにも見えた。


私たちは、お店を出てイルミネーションで幻想的に輝くタワーブリッジを歩いた。

橋の向こうは国会議事堂と時計台のビッグベンが荘厳に佇んでいた。

世界遺産の夢先案内人にでもなったかのようで、まるで夢心地の気分だった。

「私……性格変えられますか……?」

ふと尋ねた。

心の専門家はどうとらえているのか気になって仕方がなかった。

しかし、専門家はきっぱりと答えた。

「答えはノーだね」

「えっ⁉」

では教えられてきたことは何だったと言うのだ。

目を丸くしている私に、カオルさんがほほ笑む。

「性格を根本から変えることは無理だと思う。性格は直すんじゃなくて、性格を成長させるものだから」

「成長……」

「治療に取り組む本人の姿勢が大事なんだ。症状に対する葛藤を自覚して、何とかしたいと意欲の強い人は治すことができる。それに対して、自分の問題というより、『周りが悪いんだ』と思って自分から変化する姿勢に乏しい人は、治りにくいんだ」

私も、自分から変化する姿勢に乏しい人……なのだろうか。

また悩んでしまう。

気づいたらあっという間にタワーブリッジを渡りきっていた。

夢心地の時間はあっという間に過ぎてしまう。

ビッグベンの時計の針はもう11時を回っていた。

私たちはタクシーに乗り込み、カオルさんはドライバーにノッティングヒルのポートベロー通りに行くよう告げた。

　カオルさんが手配してくれたのは、ノッティングヒルゲート駅そばの『ザ・ゲート』というホテルだった。

　建物はビクトリア朝時代に建てられたものを改装した歴史的にも重要なタウンハウスで、日本でいうところの長屋のようにつながった造りだが、歴史を感じさせるその外観に、私はすぐに気に入った。

「出発は10時の列車を予約してあるから明日朝9時にここのロビーで待ち合わせしよう」

「はい、今日は本当に色々とありがとうございました」

　フロントでは気難しそうなおばあさんが出迎えてくれた。

　部屋数は20の小さなホテルだったが、調度品や家具をはじめ、すべてにこだわりが感じられ、雰囲気は悪くない。

　部屋は狭かったが、真鍮製天蓋つきベッドには驚いた。

　部屋に入ったら洗面台に水を張り、カオルさんから貰った黄色のバラをそのまま水につけて、まずは紅茶を一杯。

　花も自分もやっと元気を取り戻し、気持ちが穏やかになっていることに気づいた。

　ロンドンの初日が終わった。

　実に濃密な一日目だった。

　そして明日から好きな旅について改めて決意を確認した。

　おそらくカオルさんは私が言えば、どこでも付いてきてくれるような気がした。

カオルさんは私の想像を遥かに超えた優しさを持っているのだ。
ロンドンに住んでいるせいなのだろうか。
日本人にはない紳士的な性格が私の心を掴んだ。
カオルさんがいれば、オルゴール探しもはかどるような気がする。
オルゴールについて手がかりはほとんどない。
私はヒースロー空港に降り立ったとき、不安で仕方なかった。
右も左もわからない異国の地。しかも一人ぼっちなのだ。
最初、私は父から送られてきた封筒を握り締め、一人じゃないと強く感じた。
しかし、具体的な手がかりがないこの現状では、どう探せばいいのかわからなかった。
私はバイオリンをケースから出す。
隣の部屋から苦情が来ないよう、気をつけながら『カノン』を弾く。
少しずつ心がほぐれていく感覚がする。
やはり今日はずっと緊張していたのだ。
心では強がっても、一人で探すのは正直不安だった。
もちろん、カオルさんがいるからといって、それが変わるわけではない。
彼は別にオルゴールについては何かを知っているわけではないのだ。
それでもカオルさんがいるというだけで私は心強かった。
ほんの数時間の出来事だったけれど、それはまるで映画のようだった。

もし私が単なる旅行者としてカオルさんに会っていたら、これほど楽しいデートコースはないだろう。

まさにロンドンを満喫したというところだ。

だけど、私は旅行者ではなかった。

母のために一刻も早くオルゴールを見つけなければならないのだ。

私はカオルさんに感謝しつつも、あることを考えていた。

それは、カオルさんをこれ以上、私の旅に巻き込むべきではない、ということだった。

今回、私がロンドンに来たのは、私と私の家族に関わる問題なのだ。

父は私にオルゴール探しを託した。

それは父が私に、母との思い出を知って欲しかったからに他ならない。

そこには部外者は存在しないのだ。

父は私に、オルゴール探しをして欲しいと願っていた。

私は残された日記を読み、父がそう思っていると感じ取った。

もちろん、見知らぬ土地で一人でオルゴールを探すことは、色々困難があるだろう。

しかし、それでも私は父の気持ちを汲んで、できる限り一人で探すべきだと思ったのだ。

その旅の中に父の思いが残っているような気がした。

それを感じられるのは、私しかいない。

バイオリンを弾き終え、私はそう感じた。

それが私の使命のような気がした。

「やるしかない！」

私は自分を奮い立たせるためにピシャッと頬を叩いた。

そして私はベッドに倒れ込み、泥のように眠った。

2013年12月26日　ノッティングヒル

朝起きると、窓の外は霧が立ち込めていた。

朝食を済ませた後、カオルさんとの待ち合わせの時間までまだ余裕あったので、私はこの界隈を散歩することにした。

初めて訪れる街では、いつも最初に花屋を探すことにしている。

そこに並べられた花を見れば、どんな街なのかがなんとなく見えてくる、と母はいつも言っていたからだ。

ノッティングヒルゲートの交差点そばにある、カンディダ・フレンチというお花屋さんを見つけた。

落ち着いた住宅街ならではの、バラ、ラベンダー、サルビアの鉢が品よく並んでいてとても素敵だった。

お店を覗いて驚いた。調度品の種類やお店の雰囲気が母の店とよく似ているのだ。

母は、以前にこの店に訪れていたのだろうか、と思わせるほどによく似ていた。

グレイヘアーのお店のマダムは、ラベンダーを30本ほど束ね、ピンクのバラと紫のトルコキキョウを添え、小さなブーケを一生懸命作っていた。

花の一つ一つは珍しいものではないが、でもその色選びが徹底して洗練されていた。

小さな店での切り盛りする姿が、母の面影と重なり、なんだかジンワリとした。

カンディダ・フレンチを通りすぎ、ポートベロー・マーケットに向かった。

週末のせいか、人の流れは駅からずっと続いていて、朝7時なのにお店はほとんど開いていた。

憧れのポートベロー通り。

800メートルほどの通りの露店には、日用雑貨、電化製品から衣類、青果、鮮魚まで並び、ロンドンの生活市場のような魅力で、ロンドンで最も人気のあるマーケットだ。

もうすでに押すな押すなの大賑わいだ。

通りの入り口はアンティーク・マーケットが連なり、歴史を感じる銀食器、カメラ、眼鏡などが沢山並んでいた。

初めてポートベロー・マーケットを歩いている感動をかみしめながら、私はタイムスリップするような不思議な予感を感じていた。

この場所にはとても強い不思議なオーラを感じるのだ。

古いもの、時を重ねたものに触れると、私の心が落ち着いてくるのがわかった。

通りでもひときわ古いお店を見つけた。

父の手記に出てきたアンティークショップに似ている気がする。

お店の中には大きな柱時計が置かれていた。

時計の針は12時で止まったままだった。

お店の奥の棚には、シルバーブレスレットが並んでいる。

私はそれに一目惚れし、思わず購入することにした。

母のブレスレットにどことなく似ている気がしたのだ。

店の奥から、老婆が出てきた。前にもどこかで会った気がする。

彼女は私を見つけると、ギロリと下から嘗め回すように見定めてきた。

「おや、日本から来たのかい？」

まるで魔女のようなしわがれた声だった。

「は、はい……」

急に胸がドキドキして、私は慌てて答えた。

老婆の目は、まるですべてを見透かしているようだった。

そしてこの老婆とは初めて会った気がしないのだ。

私はおずおずとブレスレットを指した。

「このブレスレットをください……」

「やっぱりこれを選ぶんだねぇ」

「どういうことですか？」

私は老婆がなぜそんなことを言いたいのかわからなかった。

「お前さんは、何か深い理由があって日本から来たんだね」

「え？」

老婆は私の事情を知っているかのような口ぶりだった。

「どうして、そのブレスレットを選んだんだい？」

「それは……」

私は素直に答えることにした。

「母の持っているブレスレットにどことなく似ていたんです」

「ほう、そうなのかい」

老婆は私をじっと見つめた。

それは深く、鋭かった。

私はその目に吸い込まれそうな気がして、思わず足に力を入れた。

すると老婆が口を開いた。

「あなたは母親と上手くいってないようだねえ」

「どうしてそれを？」

驚いた。

老婆は当てずっぽうで言っているわけではないようだった。

見た目通り、彼女は魔女か占い師なのだろうか。

「確かに……あまり上手くいっているとは言えません」

私は正直に答えた。

「後悔しているんだね？」

「後悔……」

「違うのかい？」

「それは……」

私は後悔している。

今頃になって、もっと母と仲良くしていればと思っていた。

「すべてはあなたの行動次第。あなたが母親に対してどう思っているかが大切なんじゃ」

まったく赤の他人のはずの老婆にそんなことを言われるのは、自分でも不思議だった。

しかしその吸い込まれるような老婆の目は、私に安堵を感じさせた。

「あの、私は実は……」

私がそこまで言ったとき、老婆が遮るように口を開いた。

「あなたが話をするべき相手は、私ではないよ」

老婆はそう言ってブレスレットを私に差し出した。

「これはお前さんにあげるよ」

老婆は笑みを浮かべながら値札を取った。

「えっ？　お金は……」

「そんなものはいい。そうだ、これもつけてあげよう」

老婆は引き出しを開けると、その奥からチャームを取り出して、ブレスレットにつけた。

そのチャームは星や馬、魚、鍵、コインなどの形をした金属製のものだった。

「このブレスレットは、不思議な力があって大事な時にあなたを守ってくれる。千切れるまで大切にしなさい……」

「はい……ありがとうございます……」

ブレスレットを受け取り、ふと視線を上げた私は目を見開いた。

店の奥には、かなりの年代物のオルゴールが置かれている。

それを私はどこかで見た気がした。

心臓の鼓動が速まるのを感じる。

もしかして本当にこの店は父の手記に出てきたあのアンティークショップではないか？

この老婆も父の手記に出てきた老婆そっくりのような気がする。

「あの……」

しかし、私の言葉は老婆に止められた。

「あれは売れないよ」

「え？」

「あのオルゴールは私の大切なものなんだ。売りものじゃないんだよ」

「私の父、松下隆一のことをご存じないですか？」と喉まで出かかっていた言葉が消えてしまった。

そんなわけないよね。たぶん、気のせいだろう。

父の手記に出てきた店に私が偶然迷い込んでしまうなんてことはあるまい。

すると老婆は顔を上げ、混乱している私の顔をまじまじと見た。

「あんたに二つのことを伝えておこう」

「すぐ近くの『アビーコート』というタウンハウスに行ってみなさい。きっといい出会いがあるだろう」

「え？」

私の瞳をじっと見つめたまま、言う。

「北へ11時9分」

そう言って消え去った。一体なんだったのだろう？

「北へ11時9分？」

手元にはチャームが握り締められている。

その瞬間、時計がボーンボーンと突然鳴り渡り、針がグルグルと回りはじめる。

やがて針は止まった。

私は息を呑む。

その針は、11時9分のところでピタッと止まっていたのだ。

老婆の言葉通りだ。

夢でも見ているのだろうか？　きつねにつままれたような私だったが、すぐに我に返った。

とにかくこの場所で、母の物と似たこのブレスレットと出会うのも何かの運命なのだろう。

私はすぐに左手首にはめて店を出た。

すべてのものに以前の持ち主がいて、このように何代もの人の手を渡るアンティーク。

そうした時を経て、私と出会ったことも運命的に惹かれる何かがある気がする。

とにかく、私は老婆の言っていた通り、「アビーコート」というタウンハウスに向かってみることにした。

何か大きな運命の力に動かされているような、そんな気分だった。

アンティークショップから「アビーコート」までの距離はほとんどなく、私はすぐにそれを発見することができた。

門柱には〈アビーコート〉という名前が、古い銅板に刻まれていた。

歴史ある建物で、私なんかが生まれるはるか昔からそこに存在していたことがわかる。

ここは学生たちが住む寄宿舎だったはずだ。

これまでに、もうどれだけの人がこの中で生活し、そして去っていったのか。

長い歴史に思いをはせながら、私はアビーコートに足を踏み入れた。

アビーコート？　この名前をどこかで聞いた気がしていた。

「何か御用ですか？」

突然、ドアが開いて老人が顔を出した。

いきなり不審な目を向けられ、私はあたふたしてしまった。

どうやら、このタウンハウスには管理人室が付属しているらしい。

この老人はここの管理人さんというわけだ。

まさか、アンティークショップの不思議な老婆に言われて来ましたなんて言えない。

管理人にとって私は不審者以外の何者でもないに違いない。

どうしよう、と焦っているうちに、不意に引っ掛かっていた〈アビーコート〉という名前を以前どこで知ったのか思い当たった。

そうだ、父の手記だ。

父の祖父――つまり私の曽祖父が、留学で訪れたロンドンで住んでいた寄宿舎の名前。

それが、アビーコートだったはずだ。まさか、これがその建物？

こうなれば、ダメもとだ。私は思い切って、わずかな可能性に賭けてみた。

「あの、昔――第二次大戦よりも前の話なんですが、このタウンハウスに日本人が住んでいたことはありませんでしたか？」

「日本人？」

管理人の額に深く皺が寄せられる。

「松下、という名前なんですが……」

その名前を出した瞬間、疑わしそうにしていた管理人の顔がぱっと明るくなった。

「ああ、マツシタ！　その名前を聞くのは何十年振りだろう……」

「わかりますか！」

「もちろん。彼のことはよく覚えていますよ。あなたは、御親戚か何かですか？」

「ええ、残念ながら、実際には会ったことがないんですが……曽孫にあたります」

「なんてこった。まあ、とにかく立ち話もなんですから、中に入ってください」

意外な展開に驚く私は、管理人室に通された。

もっとも、それは老人にとっても同じことだったらしい。

彼は興奮気味に昔の思い出話を語ってくれた。

老人の話によると、父の祖父は確かに一時期このアビーコートに住んでいたのだそうだ。

老人の家族は代々このアビーコートの管理人を務めており、当時子供だった彼もこの建物にはよく出入りしていた。

そこで、彼は私の曽祖父と会ったのだという。

「松下は小さい私とよく遊んでくれましたよ」

思い出深そうに、そう語る。

私は思わず辺りを見回してしまった。

何十年も前に、私の曽祖父はここで暮らしていたのだ。

バラバラだった時間が、一気につながった気がした。

「何か、曽祖父のことで覚えていることはありませんか?」

聞いてみると、老人はすぐに答えた。

「いつでもつがいのオルゴールを大切にしていたね。ここからすぐ近くの、ポートベロー通りにあるアンティークショップで買ってきたものらしいんだが」

不思議なおばあさんのいた、あの店か!

思わず、手を打ちそうになった。

ここに行ってみなさい、という老婆の言葉は、私がオルゴールを買った男の血縁者だと知ってのことだったのか？

なぜそれがわかったのか、ますますミステリアスな方だ。

「自分に大切な人ができたら、そのオルゴールの片方を渡すんだって言ってたな。実際、そのオルゴールのお陰である女性と結婚できたらしいけど。その後しばらく便りがなかったけど、25年ぶりに銀婚式の記念の写真入りの手紙が、うちにも届いたよ。あれは……ええと、どこにやったか……」

老人は首をひねったが、すぐには写真の保管している場所を思い出せないようだった。

私はとても興味津々だった。

しかし50年以上も前の事だ。すぐには探し出せないことは容易にわかった。

「大丈夫ですよ。そんなに無理なさらなくても」

「そうかい。それはすまないね。私も、久しぶりに見てみたくなったんだが……」

私は、曽祖父の思い出話が聞けただけで満足だった。

「ところで、『スウィート・ジュリエット』が咲く庭園ってご存じありませんか？」

最後にもうひとつ欲張って、父の思い出の場所を尋ねてみることにした。

父がオルゴールをそこに埋めたらしい、と話をすると、老人は驚きながらも答えてくれた。

「うーん、すまないけど、それも私には見当がつかないな」

「では、『世界一美しいガーデン』、というのは？」

「それなら、シシングハースト・キャッスル・ガーデンじゃないかな。あそこは世界一美しいと誉れ高い庭園だよ。一度行ってみるといい」

シシングハースト・キャッスル・ガーデン――。

私はそれを頭に焼き付けた。よい手がかりを得ることができた。

もしかしたら、そこで父が埋めたというオルゴールを発見できるかもしれない。

礼を言って立ち上がる私を、老人はにこやかに見送ってくれた。

「もし、オルゴールを見つけることができたら、日本に帰る前にぜひここにもう一度寄ってください。私もあのオルゴールをもう一度この目で見ておきたいですからね。そのときまでには、あなたのおじいさんとおばあさんの写真も探し出しておきますよ」

「はい、そのときは必ず！」

希望を胸に、私はもう一度ポートベロー通りに踏み出した。


しかしながらノッティングヒルにはカフェと花屋が本当に多い。

さすが名作ラブストーリーを生んだ街。

たくさんの出会いと別れが繰り広げられた場所。

だからこそ、カフェと花は欠かせないのだろう。

タルボ通りとの小さい十字路あたりで、私は屋台でフレッシュジュースを買った。

キョロキョロしながら、よそ見をして歩いていたら、ドンと男性にぶつかってしまった。

ジュースの飛沫が飛び散る。

「すみません！」

思わず日本語で謝ると、日本語が返ってきて驚いた。

「彩佳さん！」

カオルさんが狐につままれたような顔をして立っている。

「あっカオルさん！　洋服汚れませんでしたか？」

「僕は大丈夫だよ。彩佳さんこそ大丈夫？」

私は思いっきり焦ってこぼれたジュースを拭いた。

カオルさんに謝りながら、この光景が何か見たことがあるシーンだと気づいた。

目の前のお店はコーヒーショップ、さらに左斜めには有名なあの本屋『トラベルブックショップ』があった。

これはまさに映画『ノッティングヒルの恋人』の出会いのシーンと同じではないか。

すごい偶然。それとも運命？

昨夜に続き、またもや映画と同じ体験が出来たが、二人の恋は芽生えているの？

何だか不思議な予感がする。

私は思い切って切り出してみた。

「カオルさん、一緒に散歩しませんか？」

「もちろん、喜んで」

私は少し有頂天になって、カオルさんの手を引っ張ってポートベロー通りを歩いた。

ロンドンの雑踏。

太陽が昇る空にそびえる、石造りの町並みが美しい。

あらゆる人種が歩いている。

古い都会。

私はブランドものにほとんど興味がないので、こうした人と自然と建物を背景として眺めるのが本当に心地良かった。

だが、あまりのんびりとはしていられない。

私がここに来たのは、別にデートのためでも観光のためでもないんだから。

私は、先ほどの出来事をカオルさんに話した。

「それはよかった！」

手がかりがつかめたことに、カオルさんは純粋に喜んでくれた。

そこで、私は恐る恐る言った。

「カオルさん、ひとつお願いなんですけど……」

「ガーデンまでの案内だね。うん、わかってる。もちろん連れてってあげるよ」

「いえ、違うんです」

私の言葉に、カオルさんは不思議そうな顔をする。

「私一人で行かせてほしいんです」

カオルさんは案の定目を丸くした。

「大丈夫かい？　初めてきた国だろう？　それに君は、一人で放っておくには危なっかしすぎると思うんだけど」

常に優しさにあふれているカオルさんだったが、私は至って真面目に答えた。

「昨晩一人で考えたんです。これは、私の使命なんです。きっと父も、私が一人の力でこのことを成し遂げるのを望んでいると思います」

そこには、カオルさんを巻き込むわけにはいかない。

少し考えていた彼は、やがてにこやかにうなずいてくれた。

「わかった。彩佳さんがそう言うなら、そうしよう。でも、無茶は禁物だからね」

「はい」

よし、ここからはまた、一人だ。

私は意気揚々とシシングハースト・キャッスル・ガーデンへ向かった。

シシングハースト・キャッスル・ガーデンが作られ始めたのは、16世紀のこと。作家であり詩人であるヴィタ・サックヴィルウエスト夫妻が城跡のその場所に魅せられ、以来3年庭作りに取り組み、今日に見る宝石箱のように美しい花園を築いたという。

私は、カオルさんから教えられたとおりロンドン市内から南西へしばらく電車に揺られ、ステイプルハースト駅からタクシーでこのガーデンの地へ降り立った。

入り口のチケットオフィスのある建物に、私は入場券を購入しようと訪ねたが、何か様子がおかしい。

人の気配がほとんどないのだ。

玄関の看板を見てその訳はすぐに判った。

ガーデンは閉園していたのだ。

看板によると、開園期間は4月1日から10月15日までのハイシーズン中だけ。

年の瀬である現在では、開いているはずもなかった。

せっかくここまで来たのに――。

いや、ここで諦めてたまるものか。

これでは帰るに帰れないと、私はどうしても入場させてほしいと事務員に掛け合った。

「日本からはるばる来たんです。調べ物があるので、どうしても中にいれてほしい。15分だけでいいんです！」

私の必死の形相に観念したのか、その事務員はあっさり入場させてくれた。

さすが名門のガーデン、懐が深いと感心したが、私に許された時間は15分だけ。

早速、中に入ってこの写真に写っている『白いベンチ』を探した。

しかし、このガーデンは10エーカーもあり、どこに何があるのかさっぱりわからない。

庭の中央にタワーがあり、そこから見回そうとタワーへ向かった。

タワーから見るガーデンは、全て生垣やレンガで仕切ってあり、小部屋のような構造になっているのが一目瞭然でわかった。

さすがに花は一部しか咲いていないが整列された様式美は花が咲いていなくても美しい。

やはり世界一と言われるのも判る気がする。

ガーデンの北東の方に、私は白いベンチらしきものを見つけた。

あそこだ。私は100メートルほど離れたその場所へ走って向かった。

レンガの塀際にその白いベンチは上品に置かれていた。

白いベンチの周りには塀を覆う見事なクレマチス。

私は、手にしている写真と白いベンチを見比べた。写真のベンチは、純白でアールデコ調のクラシカルな曲線美が優雅なデザイン。

目の前にあるこのベンチは、純白というより少しクリーム色に近いオフホワイト。

デザインもモダンな角ばった洗練されたものだった。

周りの花もバラではなくクレマチス。

このベンチではないのか？

しかし、見回しても白いベンチはここしか見つけられなかった。

とりあえず、私はベンチの脇の土を掘ってみた。

30センチ、50センチと掘っても何も出てこない。

反対側を掘ってみても同じように出てこなかった。

時計をみるともうすでに10分を過ぎていた。

私は急いで土を元に戻しながら、絶望していた。

『秘密の花園』とはシシングハースト・キャッスル・ガーデンのことではなかったのか？

それでは、次にどこを探せばいいというのだろう。

順調に思われていた私の旅だったが、これでまた振り出しに戻ってしまったわけだ。

心細さが、私の胸を締め付ける。

やはり、カオルさんとは別れないでいた方がよかったのか。

そんなところに、初老の庭師が通りかかった。

「何をしているの？」

掘った跡を完全に復元させた私は咄嗟に質問し、写真を見せた。

「あの、この白いベンチのガーデンはどこにあるかわかりますか？」

初老の老人は眉をひそめて、

「わからない」

やはりそうかと私は天を仰いだ。

途方に暮れた私を見て初老の庭師は尋ねた。

「ところであなたはバラが好きなのかね？」

「えっ？　どうして？」

「あなたの顔にバラが好きと書いてあるよ」

いきなり何を言うかと思ったが、悪い人じゃない感じがして少し和んだ。

「実は私の母も日本で花屋を営んでいます」

「素晴らしい」

「母はバラが好きで、毎日バラのことばかり考えています」

庭師は、私の顔をまじまじと見つめ、

「きっと、あなたもバラを育てるように愛情を注いで育てられたんだね。あなたの顔をみればよくわかる」

そうなのだろうか。私はなんだか複雑な気分になった。

私はずっと、母は私よりも花が大切なのだと思いこんできたからだ。

「バラは至高の芸術品というからね」

バラの話をするときの庭師の顔は本当に輝いていた。

きっと心からバラを愛しているのだろう。

「一番好きなバラは何ですか?」

「私はイングリッシュローズが好きだ」

私も花屋の娘のはしくれ、バラの知識なら少しはあるのだ。

バラには、オールドローズ、モダンローズ、イングリッシュローズと大きく分けて3種類ある。

１８６７年以前に誕生したものをオールドローズ、それ以降に品種改良されたものをモダンローズと呼ぶ。

そしてさらに、オールドローズの優雅な花形と豊かな香りを引き継ぎ、さらにモダンローズの多様な色彩と四季咲き性と剛健な樹性を兼ね備えた究極のバラとして、イングリッシュローズが誕生した、というところまで知っている。

「どうしてですか?」

「イングリッシュローズはバラの理想を極めた究極のバラ。特に、スウィート・ジュリエットはすべての面で完璧の名花だよ」

「スウィート・ジュリエット……」

『僕の宝物は、スウィート・ジュリエットのそばに眠る』

父の手記にはそう記されていた、まさに私が捜し求めているバラである。

「イングリッシュローズにはシェイクスピアにちなんだ品種が沢山あるんだ。『ロミオとジュリエット』に捧げるバラがその『スウィート・ジュリエット』。恋の物語と同じく可憐で儚く美しいバラだよ。ロンドンでは、スウィート・ジュリエットでプロポーズすると永遠の愛が叶うと、昔から語り継がれている伝説のバラなんだよ」

運命的なものを感じた。

父の手紙に記されていたスウィート・ジュリエットの存在を知る人にめぐり合えたこと。

「ロンドンでスウィート・ジュリエットが咲いているガーデンを知りませんか？」

私は咄嗟に質問した。

「このバラはデリケートで市場にもあまりで出回らないから滅多に見られないんだ」

落胆した私をみて庭師は心配そうに、

「どうしてそんなに？」

「そのバラが咲いているガーデンに行かなければならないんです……」

私は肩を落として帰ろうとした。

「ちょっと待って」

ガーデンを出る間際、庭師は私を引きとめた。

「そういえば、昔はホーリー・トリニティ教会というところで咲いていたというのを聞いたことがある」

「えっ?」

「でも昔のことだから、今はわからないけど……すまないね……」

そう言うと庭師は去って行った。

「ありがとうございました……」

庭師の後ろ姿に一礼をし、時計を見るとすでに20分を過ぎていた。

私も急いで入場口へ向かった。

「ホーリー・トリニティ教会……」

オルゴールは見つからなかったが、運よく『スウィート・ジュリエット』の一つの手がかりらしい情報を得ることができた。

まさか庭師からこんなお話を聞けるなんて思わなかった。

シシングハースト・キャッスル・ガーデンを後にした。

先ほど、「カオルさんの手は借りません」と強がっていた私だが、『秘密の花園』の予想を外して途方にくれた私は、観念して、またカオルさんに電話した。

「カオルさんスミマセン。また電話してしまいました……。やはりここではなかったです。その代わり一つ手がかりが掴めました」

「それは良かった。じゃあ今から迎えにいくから、5分待ってて」

「そんなに早く来てくれるんですか」

「こんなことになるんじゃないかと思って近くにスタンバイしていたのさ。とにかく迎えにいくからジッとしていて」

この人は本当に不思議な人だ。私がすることが全部わかっているみたいだ。

彼は恐るべきことに、本当に5分で到着した。

「やあ、お待たせ」

そんなことを爽やかに言う余裕さえ持ち合わせている。

私は待っている間に決めたことを話した。

「カオルさん、私、父の手記に載っている教会に行ってみようと思うんです」

「教会?」

「ええ。オルゴールを埋めた後、父が立ち寄ったという教会です。そこでウイリアム神父という人と仲良くなって、母と撮った映画のフィルムを置いていったそうです。もしかしたら、まだそのフィルムが残っているかもしれませんし……」

「なるほど。で、それは何て名前の教会なの?」

「それが……」

額に皺を寄せてしまう。

「手記には、名前が書いてないんです。ストラトフォード・アポン・エイボンにあるとしか……。ただ、シェイクスピアが眠っていると言われているらしいんですけど――」

「ああ、それならわかるよ。ホーリー・トリニティ教会だね」

「ホーリー……なんですって⁉」

思わず聞き返してしまった。

「ホーリー・トリニティ教会だよ。どうかしたの？」

「それ、さっきのガーデンの庭師さんに聞いたばっかりですよ！」

私の心臓は興奮で高鳴っていた。

「スウィート・ジュリエットが咲いていた教会なんですって。これはきっと、何かあるはずです！」

カオルさんに車で送られて、二度目のパディントン駅へ着いた。

「本当にまた一人で行くのかい？」

彼は心配そうに聞いてきたが、私はうなずいた。

「もし良かったら、僕も付いて行くよ」

その言葉に、私は思わず嬉しくなった。

しかし、これは私一人の力で成し遂げなければならないことである。

「ごめんなさい。やっぱり一人で行きたいんです」

「そうか……」

カオルさんは少し怒っているようだった。当たり前だ。

ここまで散々力になってもらいながら肝心なところで一人で行くと言っているのだから。

私は自分が優柔不断だとよくわかっている。

はっきりと決断ができないのだ。

今も、カオルさんには、私のことをそっと見守っていてほしかった。

——これは完全に、私の願望だけど。

その思いがありながら、一人で行きたいと思っていたのだ。

しかし一度言ったことを覆すことはできない。

「すいません」

私はカオルさんに思わず謝った。

重厚な外観のパディントン駅の内部はとても近代的で、出発待ちの列車が何本もホームに連なっていた。

ハリーポッターで見たような光景だ、と思った。

カオルさんは既に満席で締め切っていたが、一番早い列車に乗れないか窓口でかけあってくれた。

窓口では太った事務員が機械的に対応した。

「たった今、一席だけキャンセルが出ましたが?」

「どんな席ですか?」

「テーブル付きの窓側の席です」

「グッド。お願いします」

「ついてるね」とカオルさんは運よくグレードアップ出来たチケットを私に渡してくれた。

記念すべき初めての鉄道の旅はグレートノースター社の普通列車に決まった。

青色と黄色にデザインされたカラフルな列車に乗り込んだ。

カオルさんは出発まで見送ってくれた。

「じゃ、僕はここまで。では有意義な旅になることを祈っているよ」

「はい、ありがとうございます」

「三つの質問も忘れずに」

「『してもらったこと』、『迷惑をかけたこと』、『してあげたこと』ですね」

「そうだ。頑張ってね。もし何か困ったことがあったら、すぐに呼んでくれ。君がどこにいても助けに行くから」

「はいっ」

急にまた心細くなったが、今度こそは自分の力で何とかしなければならない。

精一杯お礼をして、列車に乗り込んだ。

午前11時にパディントン駅を出発して10分もしないうちに窓の外は単調になる。

窓からは菜の花畑が見えた。

それも広大な畑で、車窓の全面を覆うほどだった。

ロンドンを出てすぐに、辺りの風景は一変した。

都会での慌ただしい気持ちがどこかに消え、少しずつゆっくりとした時が流れはじめた。

私が経験したことのなかった、とても贅沢な時間だった。

鉄道の旅の行く先はストラトフォード・アポン・エイボン。

これからの旅はいったいどのようなことが待ち受けているのだろうか?

期待と不安で胸がいっぱいである。

私は早速、カオルさんから言われた『内観』をすることにした。

テーブル付きの座席は、書き物をするにはとても快適だった。

そうか。父もこうして、電車の中であの手記を綴ったのか。

そんなことが頭に浮かんだ。

そのときだった。突然、衝撃音とともに列車が急停車した。

私は、ガクンと大きく頭が揺れて、体が椅子に叩きつけられた。

ロンドンの列車はよく止まるというのはカオルさんから聞いていたが、それにしても大きい衝撃だった。

幸いケガはないようだ。私はホッと一息ついて辺りを見回した。

他のお客さんたちは何事もなかったように誰も動じていない。

車内放送も流れないし、すべてがそのままだ。しかし、何かおかしい?

すると、左斜め前に座っている赤いドレスを着た小さい女の子が突然に泣き出した。

そのとき私は不思議な事に気づいた。

この列車はさっきまで乗っていた列車の車両とは違う。

乗客もさっきまでの客とはすべてが違う。何より列車の内装が豪華だ。

車内は、壁面からランプまでアールデコ様式で優雅にまとめられていた。

壁には花模様の寄木細工が施された桜の木のプレート。

布張りのシートはゆったりとしていてこの上なく座り心地がよさそうだ。

贅を尽くした内装には驚くばかりで、格調高い『華麗なる列車』になっている。

車両の端の壁の上のほうにロゴマークみたいなものが刻印されていた。

よく見ると、藍色ベースに黄色の文字で、ベニスシンプロン・オリエントエクスプレスと記されていた。

やはりあの世界一の豪華列車オリエントエクスプレスだ。

私は今、オリエントエクスプレスに乗っているのだ。

一体どうなっているのか？

私は訳がわからず、思わず立ち上がって車両内を歩いてみた。

お客さんたちは皆、優雅な旅を楽しんでいる裕福なセレブの様な装いである。

「信じられない……。一体何が起こったの？」

誰かに話しかけようとしたが、私のほうが、まるで異次元から来た人間のようで、声をかける雰囲気ではなかった。

車両の端まで歩くと、四人掛けの席に一人で座っている日本人の若い青年がいた。

何か書き物をしていたらしく、テーブルには原稿用紙が置いてあった。

私が横を通り過ぎるとき、万年筆が落ちて転がってきた。

年季の入ったモンブラン製のよく手入れされた万年筆だ。

私は拾って青年に渡してあげた。

「どうも」

青年は細々とした声で私に会釈した。

痩せ細っていて、どこか生気のない顔だった。

細い声だが、どこかあたたかく、懐かしい気がした。

思わず私は話しかけてしまった。

「素敵な万年筆ですね」

「ありがとうございます……あの、それバイオリンですか?」

青年は私の持ち物のバイオリンを指さしていた。

「は、はい」

「あの変なお願いなのですが、もしよかったら一曲だけ弾いてもらえませんか?」

「えっ」

「お願いします。少しだけでいいので」

どうしてだろう、私はこの青年の願いを聞かなきゃいけない気がした。

青年の正面の座席に座り、バイオリンを出す。

バイオリンを見た青年は少し驚きながらつぶやいた。

「とても素敵な偶然ですね。私の持っているバイオリンと同じです」

私が準備をしている間も、青年は弱々しくもニコニコと微笑みながら私のことを見続けていた。

私は『カノン』を弾いた。

曲を聴いた瞬間、その青年はとても驚いた様子だった。

一節だけを弾いたつもりなのに、その時間は一瞬にも永遠にも思える時間だった。私は16小節だけ弾いて演奏を終えた。

青年は目に涙を溜めながら、弱々しく拍手をしていた。

「ありがとう。本当にありがとう。まさかここでもう一度この曲を聴けると思わなかった……」

何度も何度も「ありがとう」とつぶやいていた。

そして青年は私に万年筆を差し出してこう言った。

「もし良かったら、この万年筆を貰ってもらえませんか？　もう僕には必要ないんです」

「えっ？　でもこれ、高価なものじゃ……」

「いいんです。その方がこの万年筆も喜びますから」

立派な万年筆が欲しかった私は飛び上がるほど嬉しかったが、やはり、初対面の男性に高価なものを頂戴するのはさすがに気が引けた。

「やっぱ、いただけません」

「これも何かのご縁だと思って」

「お気持ちだけ、ありがとうございます」

「そうですか、こちらこそどうもありがとう」

「さようなら」

私は青年の好意を素直に受け取らなかったが、青年はうつむき加減に優しく微笑んでくれた。

私は青年にお辞儀をして通り過ぎた。

隣の車両に入った。

ここには、ガラスケースに入った高価なアクセサリーなどが並んでいた。

どうやらショップらしい。

よく見るとオリエントエクスプレスと刻まれたお皿などのグッズもあった。

まるで高級宝飾店のような気品。

そこへ、オフホワイトのフォーマルな制服を着たスチュワードらしき人がやってきて、茶封筒を取り出し、壁に取り付けられている箱へ入れた。

その箱にはよく見るとＰＯＳＴと書かれていた。

なんとこの列車にはポストがあって手紙を出せるのだ。

さすがオリエントエクスプレス、もてなしが高級ホテルのようだ。

ここは本当にオリエントエクスプレスなのだ。

私はタイムスリップか瞬間移動でもしたのか？

まるで夢のようだ。

窓の外をみると、穏やかな小麦色の地平線がまるでゴッホの絵画のように鮮烈に、そして止まったままの光景で続いていた。

その時である。夢を切り裂くように携帯電話が鳴った。

電話の相手は裕子だった。

私は嫌な予感がした。

「もしもし」

「彩佳。良かった、つながって。今大丈夫?」

「大丈夫よ。何かあった?」

「彩佳のお母さんが急に容態が悪くなって……」

「えっ!」

まさか、もうそんなことになったなんて……。

「それで明日の夕方4時に緊急手術することになったの。彩佳戻ってこれる?」

「それは……」

言葉を詰まらせる私に苛立ったように言う。

「どうしたの?　今から向かえばまだ間に合うはずよ」

今ロンドンは26日午前11時15分。

時差が9時間だから、確かに今引き返せば12時間のフライトでも日本に27日のお昼には到着し、何とか間に合う。

一秒でも早く母の元へ戻りたい。

でも、今ここで帰ったら何も意味がない。

父の思い、母の思いをここで止めて戻ることは出来ない。

私はそう信じていた。

「裕子、ごめん、私、まだお母さんとの約束を果たしていないの。明日の手術には戻れない……」

「彩佳……」

「でも手術の時間までには絶対に連絡する。必ずお母さんに電話するから、裕子待ってて……」

裕子も私の気持ちを察し、すぐに理解してくれた。

「わかった。手術の準備はしっかりやっておくから、彩佳は心配しないで頑張って」

「ありがとう……裕子」

そう言って電話を切った。

母はいよいよ手術に向かおうとしている。

成功率30％の壁へ。

つまり、十人が手術を受ければ七人は死ぬのだ。

そんな厳然たる事実を考えると、私はいてもたってもいられなくなった。

できることならば、今、母のそばにいてあげたい。

不安に震えている母の手を握っていてあげたい。

しかし、それはできないのだ。

私はこの、日本から遠く離れた土地で、母のために果たさなければならない使命がある。

手術まで残された時間はたった20時間。

私はもう進むしかなかった。

裕子の電話を切った瞬間、再びガーンという衝撃音とともに車体が揺れて、私は大きく体を崩した。

再び列車が動きだしたのだ。

体勢を戻した私はすぐにまた異変に気づいた。

周囲の景色がまた元に戻ったのだ。

車両内の内装もお客さんも、すべてさっきまで乗っていたグレートノースター社の普通列車に戻っていた。

今まで目の前にあった豪華列車オリエントエクスプレスは、跡形もなく消え去っていた。

先ほどの青年のいた隣の車両にいってみたが、その形跡はもちろん、青年もいなかった。

その時、私の足元に何かが転がってきた。

それは万年筆だった。

あの青年が持っていたものと同じ、モンブラン製の万年筆だ。

しかしひどく古びていて錆も多い。

イニシャルのようなものが彫られているが何て彫られているかはわからない。

私は万年筆を拾い上げ、あたりを見渡したが、やはり青年らしき人はいない。

どうすることも出来ず私は、とりあえず自分の胸ポケットにその万年筆を仕舞い込んだ。

ロンドンのパディントン駅から北西へ数駅を通過しオックスフォード駅に到着した。

イギリスで最古の大学として13世紀はじめに設立されたオックスフォード大学に囲まれた歴史と伝統の街。

カオルさんから言われた通り、ここで乗り換えのために私はこの駅で降りた。

予定では乗り継ぎまでに10分。

私は改札を出て待合室で待つことにしたが、駅の待合室は大変騒々しかった。

待合室のテレビのニュースにみな騒然となっていたのだ。

ニュースでは壮絶な列車事故を報じていた。

私はニュースに耳を傾けた。

その衝撃的なニュースに私は耳を疑った。

パディントン発のグレートノースター鉄道の列車が脱線事故を起こしたというのだ。

死者二人含む死傷者は十七人の大惨事。

五年前、パディントン駅から北へ１００キロの駅付近で列車が脱線したのだという。

私は息を呑んだ。

あれは当初私が乗るかもしれなかった列車だ。

テレビに映し出された惨状を見て、さらに目を疑った。

8両目と9両目が横転し、大きく崩れている。そこはまさに、私の乗る筈の席だった。

私は鳥肌が立った。

もしキャンセルが出ず、予定通り一本後の列車に乗っていれば、あの事故の死亡者の中に名前を連ねていたかもしれない。

気を取り直して、素っ気ない事務員に質問した。

「乗り継ぎの列車が来るまでにはどれくらいかかりますか？」

不機嫌そうに事務員は答えた。

「臨時列車が1時間後に到着します」

私は次の列車がくるまで1時間の間を、このオックスフォードの街で待つことにした。

母の手術までに、必ずオルゴールを見つけなければならない。

今は一分一秒が貴重な時間に違いなかった。

出発の時間までオックスフォード大学のボドリアン図書館でスウィート・ジュリエットについて調べようと思ったのだ。

建物の中に入った私は、その静けさに驚いた。

図書館なのだから静かなのは当然だけど、明らかに外の雰囲気とは違っていたのだ。

そこはまるで時間が止まっているようだった。

ピンとした空気が張り詰め、ひんやりとしていたのだ。

目の前に13世紀の人々が本を片手に通り過ぎても、何の違和感もない。

それほどここは時代とは無縁の場所だった。

私は気を引き締め、植物コーナーへと向かった。

すると植物コーナーにはほとんど人がいなかった。

棚の前を通り過ぎる人はいても、立ち止まって本を探している人はいないようだ。

私はひとり本棚の前に立ち、バラの図鑑を探した。

しかし蔵書の数が多くどこに何があるのかさっぱりわからなかった。

そんな時、ひとりの女性が声をかけてきた。

「何か探しているのかしら?」

品のいい眼鏡をかけ紺色のセーターを着た母と同年代の白人の女性だった。

「バラの花の図鑑を探していて」

「あらっ、やっぱりそうなのね」

女性は私の返答を予期していたようだった。

「ごめんなさいね。今、私が全部持っていったのよ」

「そうなんですか」

「ええ、向こうの机にあるわ」

彼女はそう言って自分が座っていたテーブル席に誘ってくれた。

図書館には読書をするための机が幾つも並べられている。

席に座って図鑑を見ていた彼女は私がバラの図鑑の棚の辺りであたふたしていたのに気づき、慌てて声をかけてくれたのだ。

机には予想通り五冊のバラの図鑑が置かれていた。

開かれた図鑑の中央には大きな真っ赤なバラの写真が載っている。

「私は見終わったから、持って行って大丈夫よ」

「はい、ありがとうございます」

私は図鑑を手に取った。

そしてふと、あることを思った。

「あの、ここで見てもいいですか？　一種類だけバラを見ればいいんです」

「そうなの？　ええ、いいわ。前の席に座って」

彼女はそう言うと、自分の座っていた向かい側の席の椅子を引いてくれる。

私は礼を言い、さっそく図鑑を手に取るとペラペラとめくった。

どうせなら大きな写真でバラを見たかった。

やがていちばん大きな写真が載っている図鑑を選ぶと、スウィート・ジュリエットを探すことにした。

バラというのは私が想像している以上に種類が多い。

目次が延々と続く。

私は何とか目的のバラを見つけると、ようやくそのページに辿り着いた。

図鑑の写真で見るスウィート・ジュリエットは、アプリコット色がかったオレンジ色で、五輪前後の房咲きだった。

図鑑にはさらに「ティー系のさわやかな香りがある秋に返り咲く四季咲きの強健種」と書かれてい

る。

その美しさは、日本では決して見られない色彩と造形美だった。

父が宝物であるオルゴールをその花のそばに埋めたのもわかるような気がする。

この美しいバラはいったいどこに咲いているのだろう？

たとえある場所を探し出したとしても、今日はクリスマスを過ぎた12月の年の瀬だ。

いくら四季咲きといっても咲いていていないだろう。

私は、この花に出会えるのだろうか？

「あら、スウィート・ジュリエットね」

ふいに、前の席に座っている彼女がそう言った。

「図鑑で調べたかったのはこのバラだったの？」

「はい。このバラをご存知ですか？」

「ええ。実際に見たことはないけど、名前の由来なら知っているわ」

「名前の由来？」

「スウィート・ジュリエット。この花は『ロミオとジュリエット』のヒロインにちなんで付けられたものなのよ」

「ジュリエット」。やはりこの花に相応しい名前だ。

「バラって綺麗よね。写真で見ているだけでも全然飽きないわ」

彼女の言うとおりだ。

バラには不思議な魅力がある。

人を惹き付ける何かがある。

五冊も図鑑があるのは、それだけバラを愛している人が多い証拠なのだろう。

その時ふと、私は図鑑の置かれた机の表面に、何かが彫られていることに気づいた。

誰かがナイフで彫ったのだろう。

私は何気なく図鑑を横に寄せ、それを見た。

すると、そこには『小さなバラ』が彫られていた。

そしてその横には『Mへ捧グ　R』と刻まれている。

まさか――。私はじっとその刻まれた文字を見つめた。

Rは松下隆一のR？　Mはまさか美夏？

私はハッとして、図鑑を手に取るとスウィート・ジュリエットの写真と机に彫られたバラを見比べてみた。

どことなく似ている。バラの絵はスウィート・ジュリエットに見える。

「そんなことって……」

私は不可思議な一致に少し興奮していた。

父はかつて、この図書館にやって来ていたのだろうか。

そして私と同じ席に座り、図鑑でスウィート・ジュリエットを調べ、机にそのバラの絵を彫っていたのかもしれない。

でも、まさかね。

でももし、父が目的地へと向かう途中、このボドリアン図書館でひとり、母を思いながらバラを図鑑で調べ、そしてその花の絵を机に彫ったとしたら。

それは父が残した記憶の断片のように思えてしまう。

母を思う強い気持ち。

私はその机の文字と絵を見て繋がっていく運命を感じられずにはいられなかった。

列車の時間が近づき、高揚感冷めやらぬまま私はボドリアン図書館を出た。

駅に着くと、臨時列車は時間通りやってきた。

私はさらに北東にある目的の地、ストラトフォード・アポン・エイボンを目指し、リーミントン・スパ行きの列車に飛び乗った。

ロンドンの主要ターミナルであるパディントン駅から、グレートノースター鉄道にてオックスフォード駅で乗り換え、リーミントン・スパ駅へ。

さらにワーウィック駅を経て、4時間半をかけてついに目的の地、ストラトフォード・アポン・エイボンに到着した。

ストラトフォード・アポン・エイボンはコッツウォルズの村への入り口であり、ゆったり流れるエイボン川のほとりの小さな街で、劇作家ウイリアム・シェイクスピア生誕と永眠の地として有名な街であった。

ヨーロッパでは、シェイクスピアを知るものは格式が一段上がるとも言われる。

ストラトフォード駅の周辺には何もなく単線の鉄道のさびれた駅といった風情であった。

少し休んだ後、父が向かったとされる教会を目指して、私は南へ足を延ばした。

10分ほど歩いて、エイボン川のほとりにつたのからまる古い教会を見つけた。

ライム葉の両側には墓標が立ち、一帯は静謐な雰囲気が漂っていた。

これが、ホーリー・トリニティ教会だ。

シェイクスピアはこの教会で洗礼を受け、享年53で埋葬されたという。

その佇まいが広尾の病院隣の教会ととても似ているのに驚いた。

私は、運命に引き寄せられるように、教会の扉を開けた。

身廊の上部にある見事なパイプオルガン、祭壇の前方と後方にある巨大なステンドグラスが、この世のものと思えない美しさで鮮やかに輝いていた。

ステンドグラスから夕日が差し込む中に、神父が一人座っていた。

夕日が七色に屈折して反射しているのがとても荘厳で、その老神父を包み込み、不思議なオーラを放っていた。

「あの、東京から来た神山と申します」

老神父は、まるで私が来るのを知っていたかのように優しく微笑んでいた。

「はい」

「教えていただきたいことがあるのです……」

「何なりとどうぞ」

「28年前の1985年に、一人の青年が日本からこの教会を訪れておりませんでしょうか？」

私は拙い英語で必死に尋ねる。

ここで手がかりが途切れてしまえば、もう他に行くあてがない。まさに祈るような気持ちだった。

「その青年は松下隆一といいます。22歳でこの教会に8ミリのフィルムを預けました」

「松下さん？」

「はい……」

「あなたは？」

「娘の彩佳と申します」

老神父は、私の目を見つめ、深くうなずき、ゆっくりと話しはじめた。

「お待ちしておりました」

「えっ？」

「あなたのお父様のことはよく覚えております」

「あなたは、もしかして……？」

神父は突然流暢な日本語で話し始めた。

「私はジョン・ウイリアム。28年前、この教会を訪れたお父様とお会いした神父というのは、私です」

私は息を呑んだ。

まさか、あの神父さんがまだここにいたとは……。

「松下さんが大学生の頃かな。この教会を訪れ、シェイクスピアが好きだとおっしゃって色々とお話しさせていただきましたね。それ以来毎年手紙をいただいておりました。非常に礼儀正しい方で、深い哲学をお持ちの青年でした……」

「父はそれ以外に、何か……」

神父は衝撃的な一言を放った。

「お父様は亡くなられる直前にもこの教会を訪れました」

「えっ？」

「オルゴールを手に入れるための旅の途中、ここに立ち寄られたのです。生きているうちにもう一度だけ、私に会っておきたかったから、と言われて……。お父様はもう自分の命が長くないことを悟られていたのでしょう。そして、自分の人生で一つだけ後悔していることがあるのでそれを聞いて欲しいとおっしゃいました……」

「何ですか？」

「それは……、愛する女性との「大切な約束」を果たせなかったと……、そのことを大変悔やんでおりました……。お父様は私と話した後、再び列車で旅立たれた。そして……その旅路の途中で亡くなられたのです」

オルゴールを取り戻すことのほかに、大切な約束があったのか？

子供の頃、二人が出会った街のあの丘の上で、父は母に結婚の約束をした。

その約束のことだろうか。

それは結局果たされることがなかったのだ。

父はさぞ無念だったろう。

「あなたのもとへ松下さんからの手記が届きましたか?」

「ええ。どうしてそれを……?」

「あなたはその手記を読みましたか?」

「はい……父はオルゴールをロンドンのどこかに埋めたと書いていました。それを私に取り戻してほしい、と。でも、手記は父がロンドンに向かうまでで終わっていたんです」

「よろしい。それでは、あなたはその手記の先のお話を知りたいですか?」

「もちろんです」

老神父は微笑みながら大きく頷いた。

「実は……松下さんはあなたへの手記の他に、もうひとつの手記を遺していたのです」

「えっ」

「ただ、松下さんは手記を渡す前に、受け取る相手にしっかり意思を確認して欲しいと申しておりました」

「どうしてですか?」

「それはあなたの人生に迷惑や負担をかけさせたくないからでしょう」

胸が熱くなった。

父はやはり優しい心遣いの人だった。

「では、あなたにお渡しいたしましょう。よろしいですか？」

「はい……」

老神父は、満足そうに何度も頷いた。

「しかし……あの日から20年後、本当にお嬢さんがいらっしゃるとは……。松下さんのおっしゃったとおりだ。私は、この日を心待ちにしていましたよ」

老神父は上を見上げ、ステンドグラスから差し込む鮮やかな光を見つめた。

「ここの二階に映写室があります。そこに、松下さんが私に渡してくれた手紙と8ミリフィルムがあります。まだフィルム缶を開けていませんでした。どうです？　一緒にご覧なりませんか？」

「是非……お願いします」

古い階段を上がった薄暗い映写室の奥の棚に、埃を被った古いフィルムの缶が出てきた。

神父は大事そうにその缶を開けて、映写機にかけてくれた。

カタカタカタとリールが回る音が聞こえてきた。

時がさかのぼる音のようで私の好奇心と期待感で胸がはりさけそうだった。


可愛らしい少女が楽しそうにしている映像が現れた。

たくさんの花が咲きほこる美しい庭。

時折撮影をしているであろう少年も映りこむ。

二人はとても楽しそうにしていた。

この女の子が母・美夏で、無邪気そうな男の子が父・隆一なのだ。

『私、あなたに恋してるわ』

懐かしくもあり瑞々しさもある二人の会話を見ていると自然と私も笑顔になる。

隆一が美夏に赤い小さい一輪のお花をプレゼントし、言う。

『10年後の美夏ちゃんの誕生日には、秘密の花園で世界一のバラのお花をプレゼントし、プロポーズをすることを誓います』

『え……ありがとう……』

まさに父の手記にあった二人が出会ったあの街の丘の上での出来事が映し出されていたのだ。

そして隆一はオルゴールを取り出す。

そこから流れたのは、『カノン』だった。

『私の一番好きな曲よ』

『この曲を聴いたら僕を思い出してね。また逢えるよねっ』

美夏の顔が綻び、目には涙が浮かんでいる。

『ありがとう。逢いたいと願っていたら……きっとまた逢えるわ』

満面の笑みで二人は指きりげんまんをする。

最後に隆一が美夏に語りかけている。

しかしその声はフィルムの劣化音でかき消され、何を言っているかはわからなかった。

気がつくと私は大粒の涙をこぼしていた。

老神父は震える私の肩を優しく抱き、手記を渡してくれた。

「これがその手記です」

古く色あせた封筒に手記は綺麗に収められていた。

震える手で私は、封を開けた。

何度も見た、丸字で癖のある、あたたかみも感じられる文字だ。

ここに、もう会えない父の気持ちが書かれている。

『6月19日（木）　晴れ
今日、美夏が去っていった。

僕は美夏に「また逢えるよね？」と聞いた。

「逢いたいと願っていたら……きっとまた逢えるわ」と答えてくれたが、その顔はどこか翳っていた。

僕は勇気を振り絞って美夏に言った。

「僕は美夏ちゃんをお嫁さんにしたい。将来、立派になって絶対に幸せにするから」

なるべく冷静に言おうとしたが、緊張して舌が回らなかった。

でも、美夏は僕の言葉を聞いて、天使のような微笑みを返してくれた。

そして美夏はこう言った。

「うれしい。二人だけの約束だね？」

「そう、秘密の約束」

そう言い合った。

そして僕は約束の誓いとして、プレゼントを渡した。

二つのつがいのアンティークのオルゴール。

これは祖父から貰った、僕の宝物だ。

祖父がまだ若い頃、留学先のロンドンに行ったときに購入したという。

祖父は「このオルゴールには、幸福が閉じ込められていると言われていて、その美しい音色は、贈られる人の幸せが続くよう願いが込められている」と言っていた。

このオルゴールから流れる『カノン』を二人で聞いた。

ほんの90秒間の幸福。確かにそこに天使が舞い降りた気がした。

「ありがとう。私の一番好きな曲よ」

微笑む美夏の目に涙が浮かんでいるのがわかった。

僕は心から幸せだ。

思わず今の気持ちが、言葉になって出てしまった。

「世界中の時間よ、すべて止まれ」』

フィルムの中で途切れた声は、きっとこの言葉だったのだ。

手記をめくるうちに、一枚の手紙が落ちた。

私は、ゆっくりとその封を開けた。

『愛するあなたへ
こんなところにも僕の手記が残されていたことを、あなたは驚いたかもしれません。

オリエントエクスプレスの中、僕は中村弁護士とは別に、この教会のウイリアム神父へも手記を送っていました。中村弁護士に送った手記を読んだのならば、あなたはきっとここに来てくれるだろう。そう信じていたからです。

僕が何よりも無念なのは、あなたの顔を見ることができないことです。

生まれた子供と一緒に旅行をするのが、僕の夢でした。けれど、それもかなえられそうにありません。

だから、せめて二十歳になったあなたと天国にいる僕と一緒に、僕の思い出の地であるロンドンをめぐってもらいたい、そう思ったのです。

それが、僕の手記に一番重要な具体的な場所名が書かれていなかった理由です。

あなたはさぞや戸惑ったことでしょう。オルゴールを探してほしいと書いておきながら、その場所を教えなかった僕を恨みさえしたかもしれない。

けれどもあなたにはオルゴールの場所まで、自分の力でたどりついて欲しかったのです。

なぜなら、その旅路が僕の人生の旅路そのものなのだから。

僕は20年の時を超えて、あなたと一緒に旅をすることになるのです。

生きているうちにかなえられなかった想いが、やっとかなえられる……。こんなにうれしいことはありません。

これは、馬鹿な父親の最後の願いだと思って許してください。


今僕は、オリエントエクスプレスに乗っています。

頭が割れるように痛い。体中がしびれて、左手の感覚がありません。

目もかすれてものが二重に見え、窓の外の素晴らしい景色ももう見えないのです。

もうすぐ僕は死ぬでしょう。

実はさきほど、今の君の年頃と思われる女の子が座っている幻を見た。

その子は僕と同じバイオリンを持っていて、僕がリクエストをすると『カノン』を弾いてくれたのです。

お礼に万年筆をあげようとしたんだけど、電車の急ブレーキと共に、その子は消えてしまった。

こんな不思議な幻を見るなんて。

おそらくオルゴールを取り戻すまでは、僕の命は持たない。

僕にはそれがわかるのです。


だから、まだ見ぬあなたに僕の想いを託します。

僕のたどり着けなかった場所まで、僕を追い越して向かって欲しい。

そして、オルゴールを、僕の代わりに美夏に届けてください。

その場所を教えよう。

キャッスルハワードのローズガーデン。僕たち二人の『秘密の花園』とはここのことです。——オルゴールは、そこに埋まっています。

僕が美夏を待っていた、白いベンチ。その右横の壁に、バラの名前を記したプレートがかかっています。オルゴールが眠っているのは、その下の地面なのです。


オルゴールには、愛する人を結びつける力がある。

祖父はそう言っていました。

僕は、今でもオルゴールの奇跡を信じています。

大丈夫、何も心配はいりません。

だって、あなたは僕と美夏の夢の続きなのですから。

隆一』

父の手記の真相がこれで全てわかった。

いよいよ本当に「父の想い」は私に託されたのだ。

そして、探し求めていた『秘密の花園』がキャッスルハワードにあることがわかった。

そして、父はこんなにも、オルゴールの奇跡を信じていることを知った。

何より先程の列車での出来事、「カノン」「万年筆」到底今の私には理解が追いついていなかった。

涙をこぼしながら手紙を握る私に、老神父は続けて話した。

「彼は最後にこう言いました。『僕の約束はスウィート・ジュリエットのそばで眠っています』と……」

私はすぐに質問した。

「ジュリエットに捧げる、と言われているバラですね？」

「そうです」

「そのスウィート・ジュリエットはキャッスルハワードのローズガーデンに咲いているのですね？」

「その昔、ハワード卿がロミオとジュリエットを慕い、スウィート・ジュリエットのアーチを造ったというのを聞いた事があります。小さなコテージのローズガーデンです。その中にあるアーチがそれだと言われています」

「どうして父はキャッスルハワードに行ったのでしょうか？」

「映画『秘密の花園』のモデルとなったローズガーデンだからです」

そうだったのか！

ようやく私は気づいた。

二人の言う『秘密の花園』とは、あの映画『秘密の花園』の舞台になった本物のローズガーデンのことだったのか。

私は決意した。

とにかくキャッスルハワードにすべてはある、そこに向かうしかない、と。

「私、今からキャッスルハワードというお城に向かいます。そのガーデンの白いベンチの下――そこに父の母との約束が遺されているのです」

優しい笑みをうかべ、老神父は私を諭すように語り始めた。

「まさか20年経って、松下さんのお嬢さんにこうしてお会いできるとは夢にも思いませんでした。これもお父さんの強い想いが引き合わせたのでしょう……」

「……ありがとうございました……」

「あなたとお会いできたのも偶然ではありません。お父様の想いをあなたに伝えることが私の役目でもあるのでしょう」

老神父と私も、何か荘厳な運命の糸でつながれている。

そんな気がした。

「最後にもうひとつ私の話を聞いてください」

「はい……」

「大切なことをしっかり大切な人に伝えていますか？　言葉で自分の気持ちを伝えないのは、なにもしないのと同じです。今あなたは大切な人に感謝していますか？　大切な人を愛していますか？　その気持ちをきちんと言葉で伝えていますか？　もう一度考えてください。

あなたのお父さんは、そのことを本当に後悔していました。お父さんの無念を繰り返さないでください……」

「はい……」

私にそう言うと、老神父は安堵の表情をうかべ、目を閉じた。

老神父は私にささやくように語りかけた。

「今日、あなたに逢えて本当に良かった……。実は私も病気を患っておりまして、おそらくもうすぐお迎えがくるでしょう。今日逢えて……そしてあなたに伝えられて……本当に良かった……」

神父は私を優しく抱擁してくれた。

包みこんでくれたその胸が大きく温かく心に響き、私の心にしみわたった。

別れ際に、老神父は折りたたまれた古い手紙を私に手渡した。

「これが、お父様の手記の続き、物語の最後の結末が描かれた手紙です。あとで読んでみてください……」

私は、しっかりと受けとり、老神父に深々とお辞儀をし、教会を出た。

そして父の手紙をぎゅっと握り締め、最後の目的地、キャッスルハワードへ向かった。

キャッスルハワードは、ロンドンより北西に位置し、ストラトフォードのまったく反対側にある。

コーチと呼ばれる路線バスで向かう。

私は17時発の最終便に飛び乗った。

車内には3分の1くらいの乗客しかいなかった。

街にいた人々はストラトフォード駅付近にあるホテルにでも泊まっているのだろう。

辺りはすっかり暗くなって街頭の灯りもまばらで、車のスピードも幾分速いように感じていた。

早く、早く。私は心の中でつぶやいていた。

母の手術開始時刻まで、あと14時間しかない。

それまでに、オルゴールを見つけ出さなければならない。

その報告を聞かなければ、きっと母は安心して手術を受けることができないだろう。

こうしている間にも、遥か日本にある母の命はゆっくりと削り取られていくような気がして、私は気が気ではなかった。

あんなに自分から遠ざけていた母。

二年間、口もきかなかった母。

けれども、今はその母が愛おしくてならなかった。

どうしてあんなに母につらく当たっていたのだろう。

そのことが悔しくてならない。自分は馬鹿だった。

私が不幸なのは母のせいなんかじゃない。私のせいだ。

なのに、それを母のせいにして——。大馬鹿者だ。

「大切なことをしっかり相手に伝えていますか？」

先ほどの神父さんの言葉が頭によみがえる。

日本に帰ったら、真っ先に母のもとに向かおう。

そして言うんだ、ごめんなさい、ありがとう、って。

そのためには、オルゴールを見つけなければならない。

絶対に見つけるんだ。私は、そんな気持ちでいっぱいだった。その時だった。

一匹の子鹿がバスの前に飛び込んできた。

一瞬何が起こったのか、わからなかった。

自分が、世界が、地球がぐるぐる回っていた。

大衝撃とともにバスはスピンして、ガードレールに激突し、横転した。

バスの運転手が道路に入り込んできた子鹿を避けようとハンドルを取られたのだった。

車のガラスを突き破り草むらに放り出された私は強く体を打った。

私は、自分が生きているか認識できないまま、意識が遠のいていった。


どれくらい時間が経ったのだろう。

気づいたら私は、カオルさんの車の席にいた。

カオルさんが、あのバスの事故後すぐ駆けつけて、私たちを助け出してくれたことを思い出した。

足が少しズキズキする。膝が擦りむけて出血していた。

「彩佳さん、大丈夫？　今病院向かっているから」

「私は大丈夫です。カオルさん…何て感謝したらいいか…本当にスミマセン…。それよりお願いがあるんです」

もう、時間がない。私にはお詫びして遠慮している暇はなかった。

「どうしたの？」

「キャッスルハワードに急いで向かって欲しいんです」

「キャッスルハワード？」

「そうです。そこにあるガーデンに行きたいんです」

「そこに何があるの？」

「そのローズガーデンのベンチの下に、父はオルゴールを埋めたんです。教会で見つけた父の手記に、そう書かれていました」

意気込む私にカオルさんも答えた。

「なるほど、確かにそうだ。キャッスルハワードは映画『秘密の花園』のロケ地……。君のお父さんとお母さんの約束の地としては、もっともふさわしい」

私は時計を見た。午後7時。

事故からかなり時間が経っていたことに気づいた。

「それとカオルさん…母が明日緊急手術することになって…。日本時間で27日16時。もう12時間しかありません…カオルさん、間に合いますか？」

「そうか…そんな大変なことに。ロンドンでは朝7時か。高速を飛ばせば大丈夫だ。だけどその前に病院に寄ろう」

「そんな時間ありません」

「だめだ」

カオルさんは強い口調で言った。

「足を怪我してるんだよ。折れていたらどうする？」

カオルさんは私のことを心配しているようだった。

当然と言えば当然だった。

私はさっきまで横転したバスに乗っていたのだ。

足の痛みは徐々に強くなっている。

カオルさんの言う通り折れているかもしれない。

私は不安を払拭するために、痛みを我慢して足を動かしてみた。すると、足は動いた。

痛みは感じるものの、異常はないように思えた。

「折れてません。だから病院には行かなくて大丈夫です」

病院に行けば、きっと検査をすることになる。

日本の感覚からすれば、検査には何時間もかかる。

時間をこれ以上無駄にすることは私には出来なかった。

「わかった。じゃあこうしよう」

カオルさんは私の気持ちを察してくれたのか、ある提案をした。

「病院はいい。だけどどこかに寄って治療だけはしよう」

「治療ですか？」

「血が出ているだろ。とりあえずそれだけでも消毒しないと」

私は膝の擦り傷を見た。

血はさきほどより溢れ、脛の部分まで垂れていた。

「大丈夫。そんなに時間は取らないから」

カオルさんはそう言って車のハンドルを切った。

ストラトフォード・アポン・エイボンの郊外。

私はカオルさんとともに小さなカフェレストランに入った。

「奥の席が空いてる。あそこにしよう」

「はい」

カオルさんは私をいちばん奥の窓辺の席に座らせると、ウェイトレスに声をかけた。

どうやらドラッグストアの場所を尋ねているようだった。

ウェイトレスは身振り手振りを交え、かなり細かく店の場所を教えていた。

カオルさんはそれを聞きながら何度も頷いている。

多分、私が聞いても細かすぎて店の場所には辿り着けないだろう。

やがて、カオルさんは席に戻ってくると私に声をかけた。

「ちょっと待ってて。すぐに薬を買ってくるから」

「場所、わかったんですか？　ものすごく細かく言っていたみたいですけど」

「大丈夫。一度聞けば何となくわかるから」

カオルさんはそう言うと、店を出て猛スピードで車を走らせて行った。

女は地図を読めないというが、男は地図を読めるのだろう。

カオルさんが単に方向感覚に優れているだけかもしれないが、とても心強かった。

カオルさんを待っている間、私は店内を眺めた。

店は家族連れやカップルで賑わっている。

地元密着店のようで、観光客は私以外にはいないようだった。

私は膝を見た。血は固まりかけ、右足に赤いラインをつけている。

あれほどの横転事故で足の怪我だけで済んだ。

これも運命なのだろうか。

しかしもし運命だとしたら、あまりにも残酷なように思えた。

私は一秒でも早くキャッスルハワードに行きたいと思っている。

それにもかかわらず、こんなところで足止めされているのだ。

カオルさんを待っている間、私はそんなことを考え、焦っていた。

カオルさんはすぐに戻ってきた。彼の手には、薬や包帯が山のように詰め込まれた袋が握られていた。

「そんなに沢山買ってきたんですか？」

「僕もそう思ったんだけど、店員がどうも大怪我だと思ったみたいで。よっぽど僕が慌てているように見えたんだろうね」

慌てている？　なんだか意外だった。

普段冷静なカオルさんからは想像もつかない。

「とりあえず、消毒して包帯を巻いておこう」

カオルさんはそう言って準備を始めた。

「ほらっ、足を見せて」

消毒液が傷口に広がっていくのが肌で感じられた。

カオルさんはガーゼで傷口を優しく押さえると、そのまま包帯を巻いた。

「足、動かせる？」

私は試しに右足を動かしてみた。

足はわずかな突っ張りを感じたものの、動かすことに負担はなかった。

「大丈夫です。ありがとうございます」

「良かった」

カオルさんはようやく安堵したのか、笑顔を浮かべた。

足の治療が終わると、私は一刻も早くキャッスルハワードに向かいたいと思った。

母の手術の時間が迫っている。

「カオルさん、早く行きましょう」

「大丈夫。まだ時間はあるから」

カオルさんは落ち着いた様子で私を見た。

「高速を飛ばせばギリギリ間に合う。だけど早く着いても夜明け前だ。キャッスルハワードはまだ開いていないよ」

私はむきになって言った。

「開いてなかったら壁をよじ登るんです」

「よじ登る？」

カオルさんが目を白黒させているのがわかる。

そんな無茶なことを言う自分が、自分でもおかしかった。

「お願いします」

「わかった」

「それにしてもびっくりしたよ。バスが横転したんだからね」

「他の人たち、大丈夫だったのかな？」

「さっきドラッグストアに入ったとき、テレビのニュースでやってたけど、軽傷者が何人かいただけで、大きな事故にはならなかったみたいだよ」

「良かった」

まさか、異国の地でこんな事故に遭うとは思わなかった。

足の擦り傷ぐらいで済んだのは幸運だったのだろう。

何より、カオルさんと再び会えたことが嬉しかった。

「そろそろ行こうか。今から車を飛ばせば、朝の5時頃には着く」

「はい。急ぎましょう」

私は店を出て車へと向かう。

カオルさんがいれば、父のオルゴールを見つけることができるような気がした。

「お母さん、待っててね……」

私は急いで車に乗り込んだ。

カオルさんは私の切なる気持ちを理解して、ギアをトップまで上げて応えてくれた。

車は猛スピードで走り、やがて高速道路に入った。

車の窓から見える、すっかり暗くなった高速道路の単調な夜景を、私はボンヤリ眺めていた。

「足、痛くなったりしない？」

「はい、大丈夫です」

カオルさんは車を運転しながらも、私のこと気遣ってくれる。

優しい。それに頼もしい。

もしバスが横転せず、そのままキャッスルハワードに着いていたとしたら、私はオルゴールを見つけることはできたのだろうか。

しばらく沈黙が続いた後、私の方から、口を開いた。

「内観やってみました」

「どうだった？」

「少し何かわかったような気がします。自分のこと……そして、母のこと」

「そっか」

「いかに私は母に甘えていたか、人としていかに足りていなかったか……気づきました」

カオルさんは納得したように頷いていた。

「内観で一番大事なのは、本人が相手から、色々してもらって与えられてきたことに気づくこと。自分はただ不遇だったというのではなく、気づくことが大事なんだ」

「贅沢は出来なかったけど、私は母の庇護のもとで、特に困ることもなく思うがままに生きてきました。それなのに私は自分の価値観で母や他人を批判して、貰うものだけは貰っていたのです」

今、私の心に去来するのは、自分を育ててくれた母への後悔の気持ちばかりだった。

「母の人生には色々なことがあったと思いますが、そういう一人の人間として、一人の女性として、母を今まで見ていなかったのです。親に反抗しながら、親に頼っているという状況は未熟な子供です。自分では自立していると思っても、いまだ親の庇護下にいるという証拠ですね」

黙って私の懺悔を聞いていたカオルさんが、突然口を開いた。

「彩佳さんは立派だね」

「えっ？」

「そこに達するまでに、普通の人は、5日間はかかるんだ。でも君は1日にして気づくことができた」

カオルさんはなんだか楽しそうに言う。

「人は本来『気づき』の力を備えているんだ。『気づき』があるということは、相手から自分を見つめる力があるということ。こういうことをしたら相手は悲しむだろう、傷つくだろう、迷惑に思うだろうと考える力を人間は持っているんだ。

でもそのことを考える機会がなかったり、そういう思考方法を知らなかったりするために、その力に気づかないいんだ。過去に遡って考え、あの時は申し訳なかったと思う力は、人間以外の動物にはない特別な才能なんだよ」

特別な才能……。

カオルさんにそう言われると、今まで感じていた自分の〈罪〉の重荷が消えていくように感じた。

そうか、後悔することができるから人間なのか。つまり、私は人間だ。それでいいんだ。

「苦しんでいるうちは、いつまでも同じ場所に止まっているけど、気づきによって、苦しみを解消することができる。気づきがあれば、どんな時でも新しいスタートをきることが出来るよ」

私は別に後ろ向きに進んでいるわけじゃない。ちゃんと、前に進めているのだ。

「20歳前後の人が内観すると、人の気持ちがわかる心、人の立場から見られる心、そういう心の力を養うことが出来て、精神的に親から独立が出来るようになる」

「心の力……」

「一言でいうと、大人になるってことだよ。そうすれば、幸福感だって生まれてくる」

あれからたった1日しかたっていないのに、私は生まれ変わった気分だった。

これもすべて、カオルさんのおかげだろう。

「よかった。彩佳さんが自分の力でその扉を開くことが出来て。まず第一歩を踏み出せた、それがすごく大切なことなんだよ」

「ありがとうございました……」

何だか嬉しくなって、幸せな気分に少しなれた気がした。

残された時間まであと8時間、約束の地はもうすぐだ。

2013年12月27日　ノースヨークシャー

ストラトフォード・アポロ・エイボンから北東の方角へ、カオルさんの車は、日付が変わってもなお真夜中の寂しい道を、キャッスルハワードのあるノースヨークシャーへ向けてひた走る。父の遺した想い、母の願い、そして父と母から使命を受けた、私の祈りを乗せて、運命の、約束の地へと駆ける。

私は助手席で、先ほどウイリアム神父から受け取った、父のすりきれた手紙を読んだ。読んでいるうちに、段々心臓の鼓動が高まってくる。

この手紙に描かれている結末は、私が予想したものとは全く違う、予想外のものだった。父は人生の終わりに、こんなものを見ていたのか――。

父は母との約束を果たせなかった。志なかばにして一人で旅立ったのだ。

父はきっと無念だっただろう。

その無念さを察すると、私は胸をギュッと鷲掴みされるように心が痛んだ。

母の手術まで残り2時間を切った。

ノースヨークシャー・モルトン駅。

イングランドで一番美しい城、キャッスルハワードの入り口らしき場所へ着いた。

目の前には歴史を感じさせる重厚で大きな門扉。

ここからは車は進めない。歩いていくしかない。

足がズキズキして思うように動くか自信がなかったが、もう行くしかない。

しかし予想通り、門扉が閉まっていた。

力いっぱい門を押したが全く動かない。

「どうする？」

カオルさんは心配そうに聞いた。

「壁からよじ登っていきましょう」

「大丈夫？」

「カオルさん、背中貸してくれませんか」

私がいよいよ本気だと感じて、カオルさんは観念したかのように、

「わかった。でもこれは立派な不法侵入罪だよ。それでもいいね？」

「はい。覚悟しています」

「よし、じゃ僕の背中にのって」

「ありがとうございます」

カオルさんは門扉の脇の壁際で手をついて台になってくれた。

「さぁどうぞ」

「はい」

私はカオルさんの背中に足を乗せて壁の先端をつかみ、えいっとよじ登った。

でも腕の力が足りず登りきることは出来なかった。

「高さが足りないな。よし、肩車してあげる」

「すみません」

私はカオルさんの首に股を挟んで身をゆだねた。

さすがの私も少し恥ずかしかったが、そんなことも言ってられない。

ドンとお尻を突き出した私を、カオルさんはひょいと持ち上げて、

「さぁ、手を伸ばしてごらん」

「はい」

壁の先端につかまり、よしっと踏ん張ってようやく壁に上に乗ることが出来た。

「カオルさんありがとう。私、行ってきます」

「大丈夫？」

「全っ然平気です！」

精一杯強がって返事をした後、踵を返して塀の向こうへ飛び降りた。

飛び降りた私の目の前には、広大な庭園が広がっていた。

さすが周囲50エーカーの敷地を誇るお城の庭園だ。

カオルさんいわく、キャッスルハワードは、18世紀に建てられた威厳ある外観と豪華な内装で有名

だが、その庭園も「世界で最も美しいガーデンの一つ」と、ヨーロッパでは大変な賞賛を浴びているという。

広大な敷地の中には、孔雀や鴨、黒スワンなど、実に様々な鳥たちが生息し、流れる森林庭園には、水仙やアネモネが咲き誇っている様が、夜明け前の薄明かりの中、幻想的に私の目に映り、私はすっかり魅了された。

ゲートを突破し15分ほど歩いただろうか？

広大な敷地を抜けると、ぼんやりと湖に浮かぶようにハワード城が目の前に現れた。

夜明け前の月明かりに照らされたその姿は、まさに幻想的だった。

森と湖に囲まれた優雅な古城。

必死に走ろうとするが、やはり足が少し痛むのか、うまく動かない。

疲弊し、一旦動きが遅れ始めた足は、思うように言うことを聞いてくれなかった。

お城が目の前に見えているのになかなか近づいてこない。

葉っぱに足をとられて膝から崩れるように転倒した。

だめだ、もう足が動かない。

「やっぱり間に合わなかった……」

私は仰向けに倒れこんだ。

意識は朦朧とし、朝焼けの空が映っていた視界がだんだん閉じていった。

しとしと雨が降っている。

一人の少女が傘もささずに立っている。

バラのアーチの脇で雨宿りをしながら寂しそうに。

髪は雨に濡れ、花模様のワンピースの肩袖に滴が落ちていった。

傘を持った一人の少年がその少女を見つめている。

顔が見えない女の子と男の子。その距離およそ30メートル。近くて遠い二人の距離。


また幻影を見た。このとき私はこの幻影の意味をやっと理解することができた。

私がこれまで見てきた幻影は、神父から見せてもらったあの父のフィルムの光景なのだ。

私の目蓋の裏には父のフィルムが映し出されていたのだ。

父の強い想いがそうさせてくれたのだろうか?

すべては偶然ではない気がする。運命の絆の力なのであろう。

私はすべてを受け入れて祈った。もっと幻影を感じていたい。

そう強く願って目を閉じた。

目の前を一頭の白馬が走り寄ってきた。

倒れている少女の顔を覗くように近寄ってきた。

しかし、少女の瞳は閉じたまま。

白馬は優しい鳴き声でその少女を労っている。

「彩佳さん？　彩佳さん？」

遠のく意識の中、私を呼ぶ声がする。

私はゆっくり目を開ける。

そこには、心配そうに見つめるイケメンな青年の顔があった。

「白馬の王子様？」

「僕だよ」

「カオルさん！」

私の白馬の王子様はやっぱりカオルさんなのだろうか。

「大丈夫？」

「何とか大丈夫です……」

「心配だから、やっぱり僕も門を飛び越えてきた。僕も不法侵入の共犯だ」

「ありがとう……。今、何時ですか？」

「6時45分。日本時間で15時45分」

「あと15分で、母の手術時間が来ます。早くオルゴールを見つけて母に連絡しなければいけないんです……、どうしても……」

「無理しないで、僕の背中にのって」

「すみません……」

私はカオルさんのしなやかな背中に身を委ねた。

「よし、とにかくあのハワード城目指して走ろう。あの奥に君の目指すローズガーデンがあるはずだ」

「はい……お願いします」

遠くに見えるあの城までは2キロはあるだろうか。

私が普通に歩いたら20分はかかりそうだ。

不摂生で50キロの大台を超えた私を背負って、カオルさんは力強く走り出した。

「カオルさん……、ありがとう……」

「どういたしまして」

カオルさんの心臓の鼓動が激しくなっているのが、私の胸を通じて伝わってくる。

息を切らし、汗を滲ませながら、カオルさんは歯を食いしばりながら走ってくれた。

そのとき私は感じた。

カオルさんの背中越しに見るこの姿は、少年の頃の父が母をおんぶして丘の上まで連れて行ってあげたあの手記にあった光景と一緒なのだ。

父の手記には、自分の自転車に母を乗せて転倒して右耳の鼓膜にケガをさせて入院させてしまったが、激怒する両親の目を盗んで病院先から母を連れ出し、母が見たかった丘の上の夕陽を見せる約束を果たすためにおんぶして必死に連れていった、と記されていた。

私はカオルさんの一生懸命の汗に父の母への愛の想いが重なり、胸が熱くなるのを抑えられなかった。

私たちは、お城の門扉を潜り抜けると、その左脇に石塀に囲まれた壁に古い小さい木の扉を見つけた。

ここが私の目指したローズガーデンの入り口だ。

広い濠と城の胸壁に守られた神秘のローズガーデン。

その扉は、まるで現在と過去を繋ぐタイムマシンの入り口のように、風格と神秘さを感じさせた。

18世紀の崩れかけた中世の厨房跡に作られたこのローズガーデンを、崩れた戸口からちらりと覗き込める。

私の興奮は抑えられない。

「彩佳さん。ここからは自分の足で歩いてごらん」

私は、もたつく足を必死で踏ん張りながら前へ進み、扉に手をかけた。

鍵らしきものはかかってないようだ。

私は期待と不安で息を呑んで扉を押した。

世界で最も美しいローズガーデン。そこは『秘密の花園』。

クリスマスだからなのか庭園内は幻想的にライトアップされていた。

下界から閉ざされた空間は気品に溢れ、茂みから聞こえる鳥の声に包まれて、五感がやさしく揺さぶられた。

しかし今は、冬の12月27日。やはり、現実のバラは一輪も咲いていなかった。

それでも私には、芳しい香りと豊かな色彩が目に映っている。

私の目には、咲いているはずのないバラが、魔法にかけられたように咲き溢れている幻影が見えているのだ。

五本のアーチの向こうの壁際に、マホガニー調の白いベンチを見つけた。

ベンチの周りの壁にはつるバラの枝が一面につたい、ベンチを優しく覆いつくしていた。

白いベンチは、朝露が朝焼けに照らされて、気高い美しさと輝きを放っていた。

「カオルさん、これじゃないかしら?」

「うん、写真と照らし合わせてごらん」

すぐにポケットから写真を取り出し、写真のベンチと、目の前のベンチを、祈るように重ね合わせてみた。

ベンチの周りのバラこそ咲いていないが、色、シルエット、デザインはまさにこの写真のベンチそのものだ。

私はこのベンチが父の座ったベンチに間違いないと確信した。

「これだ!　これです!」

私はやっとめぐり合えた安堵感で、思わずベンチの前にひざまずいた。

そして、噛み締めるようにゆっくりとベンチに腰をおろした。

一瞬にして、父と母の思い出を共有出来た思いで、何だか甘酸っぱい気持ちになった。

ベンチの右横の壁にバラの名前を記した古い木の名札がついているのに気づいた。

その名札には「スウィート・ジュリエット」と彫られていた。

この場所だ!　興奮を抑えきれない私は、そばに落ちていた木ヘラで、父の手紙に記されていた通りに、ベンチの右横の下の土を無我夢中に掘った。

しかし10センチ掘っても20センチ掘っても何も出てこない。

まさか、もうここにはないのだろうか？

私の爪は泥がぎっしり詰まり、手の感覚がしびれてきた。

がむしゃらに掘り続け、肘が悠々入るまでになったそのとき、指先にコツンと当たるものを感じた。

さらに両手で大きく掘った。すると20センチ四方の銀色の缶の蓋が見えた。

丁寧に地上に取り出し、おそるおそる缶の蓋を開けてみた。

そこには、保存状態の良いバラの木彫りのオルゴールがあった。

これが父が祖父から譲り受けた形見のオルゴールなのか。

オルゴールを前に、緊張が最高潮になっているのが、自分の胸の高鳴りでわかった。

迫りくる感慨が胸に広がり、私はその蓋に手をかけた。

早く、父が言っていた、このオルゴールの秘密を確かめなくては！

しかし、蓋は固く閉ざされていて私の侵入を拒んだ。

父はオルゴールの鍵を、アンティークショップの老婆に渡してしまっていたのだ。

だとしたら、その鍵がない限り、この蓋は開かないことになる。

絶望感が一気に私を襲った。

ここまでか？　あと少しなのに、ここまでなのか？

「どうしたの？」

天を仰いだ私を見て、カオルさんが心配そうに尋ねてくる。

「鍵が……鍵がなくちゃ、このオルゴールは開かないんです！」

そのとき、私の頭の中を電流が走った。

ポートベロー通りのアンティークショップで手に入れたあのブレスレットだ。

このブレスレットには、いろいろなチャームがついていた。

星、馬、魚、コイン、そして、鍵――。

もしかして、私が会ったあの老婆が、本当に父が会った老婆と同一人物だとしたら。

今まではただの装飾だと思っていたが、この鍵が父が預けた鍵だったとしたら……。

そのチャームの鍵を、オルゴールの鍵穴に差し込む。

お願い、開いて！

するとカチリと音がして蓋が開いたのだ。

「やった！」

思わず声に出して叫んだ。そして恐る恐る開けてみたそのオルゴールの中にあったのは、ダイヤモンドの指輪だった。

目の前に起こった出来事がこんなにも感動的だったことはない。

一カラットはあるだろうか？　台座に丁寧に飾られたダイヤモンドの指輪は、優雅な気品のある輝きを放っていた。

ライトアップされたイルミネーションが幻想的に映り、そのダイヤモンドはこの世あらざる美しさだった。

「このことだったの……」

父がオルゴールに固執し続けた理由。

オルゴールに隠された秘密の意味が今、ようやくわかった。

22歳の約束の日、父は母にプロポーズするため、すでに結婚指輪を用意していたのだ。

だが、二人はすれ違い、失恋したと絶望した父は、10年愛を封印するため、このオルゴールの中に指輪を入れ、この地を去ったのだ。

父が自分の命を懸けてまで、そしてお腹に私を宿していた母を残してまでしてロンドンに向かったのは、この約束の結婚指輪を取り戻すためだったのだ。

そして、自分の手で、この結婚指輪を母の薬指にはめてあげたかったのだろう。

すべては母との約束のために……。

しかし、20年たってもダイヤの輝きは褪せることなく、父の想いを背負ってきたこの指輪に、湧き上がるオーラとパワーを感じずにはいられなかった。

まるでその輝きは、父のかなえられなかった20年間の想いの原石であるかのようにさえ感じられる。

私はその指輪をそっと手にした。

その瞬間、指輪が一瞬ぱっと光り輝いたように見える。

父と母の運命が、また再び動き出した気がした。

我にかえって腕時計を見ると時計の針はまさに7時を指していた。日本時間の16時を過ぎようとしていた。

　手術が始まってしまう！

　すぐに母に伝えなければと、私はすぐに自分の携帯電話を取り出した。

　しかし、ポケットから取り出した私の携帯は何度ダイヤルしても全く反応しない。

　先ほどの事故で押しつぶされて、壊れていたのだった。

　焦る私の目の前に、カオルさんはすっと携帯を差し出してくれた。

「僕の携帯を使って！」

「ありがとう」

　私は、白いベンチに倒れこむようにして座り、受話器を手にした。

　震える手で、奇跡を信じながらダイヤルを押した。

「裕子、私」

「彩佳！　待ってたのよ、ずっと」

　電話の向こうの裕子が、泣きそうな声になっているのがわかる。

「ごめん、遅くなって。お母さんと話が出来る？」

「無理よ、彩佳。お母さんもう麻酔の点滴をしているの。もうすぐ手術室に運ばれるわ」

　すぐさま叫んだ。

「携帯をお母さんの耳に持っていって！」

「わかった！」

「お母さん、聞こえる？　お母さん、お父さんのオルゴールを見つけたよ。オルゴールの中には、結婚指輪が入ってた。とっても素敵な指輪だった。お父さんは、これをお母さんにプレゼントするためにロンドンに取り戻しに行ったんだね……。かなえられなかったお父さんの想いは、私がかなえてあげるから。だから、お母さん待ってて！」

母と父の約束の地で、私は必死に叫んだ。

そして……それだけじゃない。私には今、母に伝えておかなければならないことがある。

「それと……、お母さん、私を産んでくれてありがとう。

何で私を産んだの、なんて言ってごめんね……本当にごめんなさい。お母さん、悲しかったよね……。今まで素直になれなくてごめんなさい。今までうまく伝えられなかったけど……」

私の声は、いつの間にか泣き声に変わっていた。

「お母さん、だから、だから、死なないで。生きて！

さよならなんて言わないで！　まだ私お母さんに伝えなきゃいけないこと沢山あるんだから……絶対に絶対に待っててねっ、約束よ、ねぇ、約束だからねっ！」

「お母さん、手術室に入ったよ。彩佳の言葉、きっと伝わったと思う」

「……ありがとう」

そう言ってもらえたことが、私は何よりもうれしかった。

私は私の気持ちを初めて母に伝えた。

だって、父は母に本当の気持ちを伝えられずにこの世を去ってしまったのだから……。

もう二度と、そんな悲劇は繰り返してはいけない。

私は気力を振り絞り思いを込めて、裕子に一つのお願いをした。

「裕子、もうひとつお願いがあるの……」

「なに？」

裕子にお願いを伝え終えた私は疲れ果てて倒れ込んだ。カオルさんは心配そうに私を見つめ、ベンチの隣に座り、私の肩をそっと抱き寄せてくれた。

そこで私は意識を失った。

私の目の前には、手術室の景色が広がった。


無機質な手術室で、母は横たわっていた。

まるでその光景を空中から眺めている私がいるかのようだ。

緊迫した空気の中、手術の準備が行われている。

看護師が注射器を持って慌ただしく動き回っている。

注射器の中には真っ白な液体が入っている。

心電図モニターの電子音が単調なリズムを刻んでいた。

麻酔医が酸素マスクを母の口元に固定した。

母は一瞬にして眠りについた。

執刀医の工藤教授が手術室に入ってきて周囲の緊張は一気に高まった。

それぞれが所定の位置につく。
工藤教授は母の表情を見た。
麻酔で眠っている母の顔は、思いがけず穏やかだった。
積年の想いがやっと遂げられた、とでも言うかのように。
その表情に少し安堵した工藤教授は、母の耳元でそっと囁いた。
「隆一くんとの約束は忘れていません」
――僕に万一のことがあったら、美夏をよろしくお願いします。
それが、父・隆一が工藤教授に残した最後の言葉だった。
隆一との約束のためにも、必ず「彼の愛する人」を救ってみせる。
そんな覚悟が工藤教授の心の中に大きく圧し掛かっていた。
この手術は、絶対に成功させなければならない。
工藤教授は執刀医の座についた。一同が一礼する。
「それでは脳動脈留クリッピング術の執刀を開始します」
隆一くん、そこでよく見てろよ。
工藤教授は心の中でそうつぶやくと、看護師に指示を出し始めた。
工藤教授のドリルが母の頭部の奥深くへと分け入っていく。
20分経過。開頭された頭部が露出された。
緊張の執刀は続く。

工藤教授の額からは汗が滲み出て、看護師は急いでふき取る。

30分経過。状況が思わしくない。

正しく心拍していた母の鼓動が、寒さに凍える子犬のように弱まってきた。

想定外に生体反応が衰弱していく母に、工藤教授は、予定にはなかった緊急処置を施しながら、母の生命力の回復を信じるしかなかった。

「頑張れ、美夏さん……」

しかし、やがて凍えたように母の心臓は動きを止めた。

「先生、心停止ですっ」

看護師が怯えたように工藤教授を見つめる。

心電図モニターはピーという無情で単調な音を繰り返す。

心停止。予想外のショック反応に工藤教授は絶句する。

凍りつく時間。絞り出されたように工藤教授の声が響いた。

「電気ショックの準備を！」

手術室の緊張は一瞬にして最大限に振り切った。

そのときだった。手術室のスピーカーから音楽が流れ出した。

それは、古い錆び付いたオルゴールの曲。母と父の思い出の曲『カノン』である。

工藤教授をはじめ手術メンバーは皆驚き、しばし彫像のように動きが止まった。

まるで、時が止まったかのようだ。

その旋律は、とても美しく儚い音色で、一瞬にして時を遡らせ、母と父の青春のバラの色と香りを蘇らせ、遠く離れたこの時を、幸せな香りで包み込んだ。

時間にしてどれくらい経っただろう？

次元を超えたパワーが何かを突き動かしていく予感が、手術室を包み込んだ。

そして心電図モニターが大きく揺れた。

母の心臓はおそるおそる小さな鼓動を始めていた。生き返った。

まるで、母がこの曲を聴いて、天国の門から引き返してきたかのようだった。

終末へと向かっていた砂時計が、また反転して、失われたはずの生命を取り戻した。

オルゴールの曲『カノン』は90秒間で終わった。

工藤教授は母の生還に大きく深呼吸し、静かに目を見開いた。

「手術を再開します」

そのとき、裕子は病院の放送室で汗だくになっていた。

病院の職員を羽交い絞めにし、この曲を病院中に放送させていたのは裕子だった。

裕子はお嬢様だったが、護身術で身につけた合気道は黒帯の腕前なのである
スピーカーから『カノン』を奏でていた携帯をマイクから外し裕子は再び耳にあてた。

そこで私の意識ははっきりと戻った。

「彩佳、うまくいったよ……」

「……うん、私も見てたような気がする……」

2013年12月27日　ノースヨークシャー

私は安堵のため息をつく。不思議そうな顔でカオルさんが見つめている。

しかし、裕子は無理なお願いをよくきいてくれた。

「しかし、あんたも無茶言うわね。病院の放送をジャックしろだなんて」

私はオルゴールの蓋を閉じた。

「ありがとう、裕子。この曲、絶対にお母さんに聞かせてあげたかったんだ」

父は『カノン』を、結局母の前で奏でることができなかった。

生死を賭けた大手術をする母を勇気付けるには、私には、これしか考えられなかった。

「後始末も結構大変そう」

「ごめんね。帰ったら、スーパーショートケーキご馳走してあげるから」

「ダブルでね」

「もちろん」

「じゃあ、許してあげる。だからちゃんと帰ってきなさいよ。みんな待ってるんだから」

「うん。明日帰れると思う。じゃあ裕子、手術が終わるまでお願いね――」と言ってまた私は深い眠りに落ちた。

私の目が覚めるまでの間、カオルさんはずっと私を膝枕して見守ってくれていた。

朝日が燦燦と降り注ぐ中、すべてを成し遂げて、父と母の思い出の白いベンチにいる。

私にとっては、至福の時間だった。

「少し前に裕子さんから連絡があったよ。手術は無事終わったって」

「ホント？」

「そうだよ。もう心配ないって」

私は安心するあまり大きく脱力し、カオルさんの胸に崩れるように埋もれた。

「本当に良かった……カオルさん、ありがとう」

「どういたしまして」

元気を取り戻した私は、カオルさんに質問した。

「カオルさん、一つお願いしていいですか？」

「ん？」

「行きたいとこがあるんです」

「どこに？」

「ポートベロー通りのアビーコートに行きたいんです」

オルゴールを見つけたら、日本に帰る前にもう一度必ず寄る。

私はあの老人に、そう約束していた。

それに、私にはもうひとつ気になることがあった。

それはあのアンティークショップで会った老婆のことだ。

あのとき、老婆が言っていたことを思い出す。

——このブレスレットは、不思議な力があってあなたを守ってくれる。それに、きっと大事な場面であなたの人生を切り開いてくれることだろう……。

千切れるまで大切にしなさい——

まさに、その通りになったわけだ。

老婆がブレスレットにつけてくれた鍵のお陰で、オルゴールを開けることができた。

もし、あの老婆に出会わなければ、私はロンドンに来た目的を達成させることはできなかっただろう。

あの鍵は偶然に開けられたものなのか、それとも父の鍵そのものなのか。

とすれば、あの老婆は、父の手記に出てきたアンティークショップの老婆と同一人物なのかもしれない。

そんなことってあるだろうか。

だって、二十年も前の話なのに——。

私はそれを、どうしても確かめておきたかった。

そのためにも、ポートベロー通りには日本に帰る前にどうしても立ち寄らなければならなかった。

「よし、いざノッティングヒルへ」

カオルさんは私を背負って、私たちは再びノッティングヒルに向かった。


車で南下して、3時間ほどでノッティングヒルに着いた。

お昼時、ちょうどポートベロー通りが賑わい始める頃だ。

私はアビーコートを見つけると、その管理人室のドアを叩いた。

「これはよく来てくれた！」

運よく、老人は昨日と同じ場所にいてくれた。

もしかしたら、ずっと私が来るのを待っていてくれたのかもしれない。

「ずっとあなたのことを心配していたんですよ。無事に旅を続けられているかってね。でも、さすがはあの松下さんの曽孫さんだ」

それを聞くと私はたまらなくなって、すぐにオルゴールを取りだした。

「これが、私の父がこの地に遺したオルゴールです」

「そうか。これが……」

しばしの沈黙があった。老人の目には、涙が浮かんでいた。

「私はこんなに年を取ってしまったというのに、オルゴールは私の記憶のままだ……。なんて素晴らしいんだろう……」

曽祖父、父、そして私――。

このオルゴールは、いろいろな人々の手を渡り、時をも超えてこうしてここに存在しているのだ。

このオルゴールが、時間を止めてしまったかのように部屋は静寂に包まれていた。

が、その静寂の時を破ったのは老人の信じられない一言だった。

「このオルゴールを売っていたアンティークショップも、残念なことに今はもうなくなってしまってね……」

「なんですって？」

思わず聞き返してしまった。

「あなたのおじいさんがこのオルゴールを買ったというアンティークショップも、二十年ほど前まではこの裏手にあったでしょうか。でも、随分前に引き払ってしまって……」

「そんな……そんなはずありません！」

確かにあの老婆がいるアンティークショップに、私は……。

「だって、私はそのアンティークショップのお婆さんに言われて、ここに来たんですよ？　大きな柱時計のある店でした」

「残念ですが、それは何かの間違いでしょう。この裏手には、今はそんなアンティークショップはもうひとつもありませんから」

じゃあ、私が入ったあの店は……？

狐につままれたような私に、老人は手を打った。

「そうそう。あなたに言ったあの銀婚式の記念写真、見つけましたよ。あなたのおじいさんとおばあさんが私に送ってくれたという、思い出の写真」

そうやって、棚の中からごそごそと封筒を取り出してくる。

「なくしてしまったかと思ったんですがね。こうして大切にとってあったようです。見てください。ご両人とも、優しそうなお顔をしているでしょう」

老人は古びた一枚の写真を私に見せた。

私は何も言えなかった。

なぜなら、その写真に写っている私の曽祖父の隣にいる女性――。

幸せそうに寄り添っている二人がいた。

それは、まぎれもなく、あのアンティークショップの老婆だったからだ――。

アビーコートを飛び出した私は、昨日来たアンティークショップをくまなく探した。

しかし通りの入り口からすぐの所にあったはずのアンティークショップが見当たらない。

何度も引き返してみたがやはり見つからない。

あったはずの所はカシミア専門店と様変わりしていた。

似たようなお店は沢山あるが、大きな柱時計が目印となった、あのアンティークショップではない。

「たしかこの辺のはずなんだけど……。お店が変わるなんてことあるの?」

狐につままれたような気持ちで、カオルさんを見る。

「この辺りのアンティークショップは何十年も続いているお店ばかりだ」

「そう……じゃあ、私がこのカギのチャームをもらったお店は一体どこに消えたの?」

と言って、私は左手首のチャームをまじまじと見た。

そんな訝しがる私を見て、カオルさんはさわやかに答えを出してくれた。

「まぁ、いいんじゃないの。いずれにせよ、そのカギが手に入って、そして無事指輪が見つかったんだから。きっと〈運命の絆〉のなせるわざなんだよ」

「運命の絆……」

「まぁ、そのお婆さんが、彩佳さんの運命を切り開いてくれた女神様ということには間違いないな」

カオルさんはまるで、そんな夢みたいなことをあっさり受け入れているようだった。

あの老婆に会わなければ、私は指輪を手に入れることが出来なかったことは、確かに間違いない。

でも、あの老婆との出会いは、一体何だったのだろうか。

そして、あの老婆は曽祖父の写真に並んで写っていた。

父の手記で、祖母の思い出について語られていた部分を思い出す。

彼女は家族思いで、自分が亡くなる間際も、自分の息子たちの将来のことを何よりも心配していたそうだ。

――お前さんは、やっぱり優しい子だねえ――

学生時代、ロンドンのアンティークショップで父と会った老婆は、そんなことを言っていたと手記に書かれていた。

まさか、あの老婆が、父の祖母……私の曽祖母だったのだろうか……。

でも、私も、このノッティングヒルの空気を味わっていると、カオルさんの言うとおり、すべては偶然じゃない運命のなせるわざかもしれないと、感じてしまう。

父の願いは、20年の時を経て、私が代わりに叶えてあげることができた。

オルゴールも結婚指輪も、少し遠回りしてしまったけれど、結局は納まるべき場所に戻れるわけだ。

そう考えると、人の運命もこの観覧車と同じようなものなのかもしれない。

私は旅の終わりにたどりついたロンドン・アイに、父の想いのイメージを重ねた。

人生を乗せて、ぐるぐる回る運命の輪。

本当に長い長い一周ではあったけれど、本来の想いは叶えられたのだから、それでよかったのではないか。

私が育ったその20年間、観覧車という名の運命の窓からは様々な風景が見えた。

そう考えると、無駄な20年ではないように思えるのだ。

人の想い、人の運命なんて、そんなものなのかもしれない。


カオルさんが口を開いた。

「彩佳さん、最後にひとつお願いをしていいですか？」

「どうしたんです、そんな……改まって……」

「あの、僕の話を聞いてくれませんか？」

「は、はい」

カオルさんは大きく深呼吸してからゆっくりと丁寧に話し始めた。

「本当は、こんなこと話すべきじゃないとずっと秘密を守っていたんだけど、今日はやっぱり勇気を出して言おうと思っている」

「秘密？」私は思わず身構えた。

そして、カオルさんの口から出てきた次の言葉は私の予想をはるかに超えるものだった。

「実は、僕と君は、15年前から何度も出会っているんだ……」

「えっ？」

「僕の父は、君が日本で会った中村弁護士なんだ」

私は目を丸くした。

中村弁護士とカオルさんが親子？　あの老紳士の中村弁護士と、カオルさんが血がつながっているなんて想像できなかった。

「君と父が教会で会った日、父は君の母さんから連絡をもらって病院に駆けつけた。そして君が教会へ向かった所を見て追いかけたんだ」

中村弁護士があの日の出会いを「運命」と言っていた本当の理由が少しずつわかり始めた気がする。

「僕の父は、君のお父さんと古くからの友人だった。といっても君のお父さん――隆一さんが10歳で、僕の父が大学で法律の勉強していた頃からの付き合いだから、友人というより、兄、弟みたいな感じだったのかな。お互いにカメラが好きで、父は隆一さんによく撮り方を教えていたらしい」

カオルさんは私の目をじっと見つめて言った。

「そして、僕も、君のお父さんに会ったことがある」

「父に……？」

私はわからなくなってきた。

そう言えば、カオルさんは最初から不思議な人だった。

私のことを何でも知っているようだったり、困ったときにいつも助けに来てくれたり……。

今、その秘密が明かされるのかもしれないと、私は息を呑んだ。

そして、カオルさんは自分の物語をゆっくりと語り始めた。

「僕が10歳のときのことだ。

君のお父さんが体を悪くして、弁護士になっていた父のところにやって来たことがあったんだ。恐らく、最後にロンドンに向かう前のことだろう。隆一さんは、自分の死期が近いことを父に伝えると、遺言状の作成について詳しく質問していた。

僕はそんな二人の姿を、そばで見ていたんだ。

隆一さんが去ってしばらくして、父のもとに彼からの分厚い封筒が届いた。

そのときのことはよく覚えている。父はその封筒を抱えると、まるでそれが隆一さん自身のように、ぎゅっと、強く握りしめていたよ。

父からは、このことは守秘義務があるから絶対に誰にも言ってはいけないと、きつく厳命された。

僕もこのことはもう忘れようと思っていた。そして3年後、父の帰国とともに僕も日本の中学校に入学した。

——君と同じ、青山大学中等部にね。

学校が小学校から大学まで一緒のキャンパスだから出来たことだと思うけど、僕はいつも君のことを見守っていた。何度君に声をかけようと思ったことか……。僕は君のお父さんを知っていて、大切なものを預かっているんだよ、とすぐにでも話しかけたかった。けど、それが僕にはできなかった。

小学5年生のとき、君はクリスマスの点火祭で聖歌隊をしていたよね。君のロウソクが消えて泣きそうになっていたとき、火をつけてあげた管弦楽団の先輩がいたはずだよ。もう忘れちゃってるかな。

あれは、僕なんだ」

もちろんそのときの出来事は、私は鮮明に覚えている。

あの優しい先輩に感激して、会いたくて、私はその後、管弦楽団に入部したのだ。

まさかあの先輩がカオルさんだったなんて……。

「そして、君が中学生になり、管弦楽団に入ると同時に、僕は大学を卒業した。心理学の勉強のため、ロンドンに旅立った。君のもとを離れてしまう。僕にはそのことが心残りでならなかった。以来、毎年12月に入ると、僕は大きなクリスマスツリーを部室に届けた。ただOBから贈られてきているとしか聞かされていなかったと思うけど、あれは僕がロンドンから送っていたんだ。君に笑顔でクリスマスを迎えてほしい。そんな想いが、あのクリスマスツリーには込められていた。だから、ツリーのてっぺんに、僕はAのイニシャルのある星をつけてもらった。あの輝くAの星は、彩佳さんのAなんだ」

あの毎年贈られてくるクリスマスツリーがカオルさんから私へのプレゼントだったなんて……。送り主不明の素敵なプレゼントに、本物のサンタクロースからだといって私たちは本当に喜んでいた……。

「僕は、君に恋をしたんだ。でも、これは成就するはずもない恋だった。だって、僕の存在を君に悟られてはいけないのだから。僕がどれだけ君を愛したとしても、君は僕がそばにいることさえも知らない。僕は、自分の存在を伝えることができない。これは、どんなにつらく悲しいことか……。

僕はロンドンに就職が決まり、自分の気持ちを封印したまま日本を去った。もうあなたと会うことはないだろう……と、そのときはそう思った。けど、それは起きたんだ。12月24日、クリスマスの夜にそれは起きた。父から、パリでクリスマス休暇をとっていた僕に突然の電話があった。あの遺言の約束の20年が無事満了したと。そして、君が自分の意志でロンドンに来ると聞いた。『ロンドンの知人の連絡先としてお前の携帯番号を知らせておいたから、何か力になってやりなさい』

父はそう言って電話を切った。僕はうれしかった。父は、ずっと僕のことを気にかけてくれていたんだ。そしてこんなチャンスを、僕に与えてくれたんだ。

そして、僕はすぐにロンドンに帰った。そう、あなたに逢うために。

君の好きな映画や食べ物など、君の事をよく知っている僕に君は驚いていたと思うけど、僕は子供の頃からの君をずっと見守っていたから君の事はよく知っている。

だから僕はできるだけ力になってあげようと思った。君のお父さんとお母さんのため、そして何よりも君の想いを成就させてあげるため。

君が自分自身で成し遂げたいと、一人で旅を始めたときも、僕はそばでしっかり君を見守っていたんだ。だからバスが事故に遭ったとき、すぐに現場に駆け付け、君を助けることができた。

君と二人の冒険、楽しかったよ。何より、君の笑顔が見られた。

僕にとって、こんなに嬉しいことはない――」

カオルさんは一息ついて微笑むと、ジャケットの胸ポケットから一枚の写真を取り出して見せてくれた。

「これが、君と僕とをつないでいたものがあった証拠さ」

「これは――」

一瞬言葉が詰まった。

慌てて、私も東京の母の部屋から持ってきた写真を取り出した。

私の小学校卒業式のときの写真。

笑顔で写った、私たち母と娘――。

それとまったく同じ写真が、カオルさんの手に握られている。

「どうして⁉」

カオルさんはかすかな微笑みを浮かべる。

「この写真、実は僕が撮ったのさ」

「え！」

「僕と君は同じ学校だったと言ったろう。卒業式の日、僕は君とお母さんを見つけたんだ。そして、僕は生徒会の写真班として、写真を撮ってあげた。君はもう、覚えていないとは思うけどね。後日その写真は生徒会から君に渡した。そして僕はこっそり自分のためにもう一枚現像して持っていたんだ」

何てことだ……。

私は、話を聞いているうちにこみあげてくる想いで胸がいっぱいになっていた。

ずっと私は孤独で、私のことを思ってくれる人なんてこの世にいないと思っていた。

父は最初からいなくて、母とも心を通わせることができず――。

でも、そうじゃなかった。

私には、私の人生をずっと見守ってくれていた人がいたのだ。

それがカオルさん。まさに運命の人。

私の白馬の王子様だ。

ロンドンで会ったとき、どこか初めてじゃないような気がした。

その直感は当たっていたのだ。

カオルさんはずっと、私のことを温かく見守ってくれていたのだ。

生まれてこのかた、誰からも愛されたことなどないと嘆いていた私は、ずっと大切な運命の人に愛され守られていたなんて……。

私の誕生日、母から渡されたクリスマスプレゼントに添えられていた言葉を思い出す。

「愛されることの奇跡を大切に」

そうか、こういうことだったんだね、お母さん――。

胸に温かいものがこみあげ、私は涙がこぼれるのを抑えるのに必死だった。

大きく息をついてカオルさんは私をまっすぐ見つめた。

「でも……こうして最後に君の声が聞けて良かった」

「……」

「運命は悪戯だね」

15年分の思いを伝えきったカオルさんは少し微笑み、そして寂しそうに視線を落とした。

その瞬間、夕日が美しく私とカオルさんを包み込んだ。

カオルさんは、何かを逡巡するように黙っていた。

そして、思い切ったように口を開いた。

「僕は悔いのないように、15年の時を経て今、はじめて自分の気持ちを素直に伝えます」

カオルさんの真摯な目が、じっと私を見つめる。

「彩佳さん、僕は、今でも君を愛しています」

言葉が出ないとはこういうことをいうのだろうか？

生まれて初めて男の人に「愛している」と言われ、私は絶句した。

そして何より、カオルさんの、その誠実な告白に胸を打たれ、私はもう涙があふれるのを抑えることは出来なかった。

「ごめん、びっくりさせちゃって。でも大丈夫。今日こうやって自分の気持ちを伝えることで僕は十分満足です。彩佳さんには迷惑はかけられません。僕はこのロンドンで、何とか仕事を軌道に乗せることができた。だから僕はロンドンで頑張る。彩佳さんも東京で頑張って欲しい。心から応援しているよ……」

カオルさんの目にも涙がにじんでいるのがわかった。

「あなたに逢えて、本当に良かった……」

茫然自失の私には、もはや言葉を発することも出来なかった。

帰りの車では、私たちはずっと無言だった。

私はどうしていいかわからず、ずっと黙って考えていた。

これからのこと。お母さんのこと。就職のこと。そして自分の人生のこと。

ハンドルを握るカオルさんの横顔は、何か達観したような優しい表情になっていた。

私たちの車は出発の1時間前にヒースロー空港についた。

「本当にありがとうございました」

私はそう言うのが精一杯で、動けなくなって固まってしまっていた。

「こちらこそ」

と言った後、カオルさんは後ろのシートから何やら綺麗にラッピングされたものを取り出した。

「これ僕からのプレゼント。日本についたら開けてね」

車を降りて、トランクを下ろし私のドアを開け、手をとって立ち上がらせてくれた。

突然のプレゼントの嬉しさに、私の気持ちはますます焦がれた。

プレゼントを大事に脇に抱え、カオルさんに引きずられるように空港のロビーに入った。

ヒースロー空港はいつもの様に、世界中の人々が集まり混雑していた。

皆それぞれ、別れや旅立ちのドラマを繰り広げているようで活気にあふれていた。

私といえば、カオルさんとの4日間の思い出が走馬灯のように駆け巡り、一人で歩くのもままならず、自分が今何をすべきか、明晰な判断が出来ないような状態だった。

出国時はチェックインさえしてしまえば、審査も入国時より時間がかからず簡単だった。

チェックインカウンターで航空券を出したとき、私は思いついたように、係の女性にひとつ質問した。

「この便は、もう満席ですか？」

「いえ、少しですが、残席があります」

「お願いがあります」

私はじっと係の女性を見つめた。


ロビーではカオルさんが最後まで見送りのために待っていてくれた。

最後のお礼の言葉は何て言ったらいいのだろうか？

言葉なんかでは言い尽くせない感謝の想いが胸を焦がす。

私は深く考えてひとつの決心をしてのぞんだ。

「カオルさん……本当にありがとう。もし良かったらですが、私から最後のお願いをさせてください」

「なんでしょう？」

「あの……私と一緒に日本にきてくれませんか？」

「えっ……」

「私も決めました。もう自分の気持ちは素直に伝えることに」

そんな私を、カオルさんは黙って見つめる。

「12月30日に卒業コンサートがあります。私の招待席に座ってください。大切な人のためにある特別席です。私、カオルさんのこと好きです。カオルさんに是非座って欲しいんです」

自分でもびっくりしている。

私がこんな大胆に衝動的に男性に愛の告白をするなんて。

「ダメですか……？」

カオルさんは私から目をそらした。地面を見つめる彼は、唇をぎゅっと噛みしめている。

「どうしてダメなんですか？」

カオルさんの口からはしばらく待っても言葉が出てこなかった。

やっと発せられた彼の声は震えていた。

「ごめん……僕はここにいる……ここにいたほうが君にとってもいいんじゃないかと思う……僕は……君にはふさわしくない……」

苦渋に溢れたカオルさんの言葉に、私は何も言い返せなかった。

「わかりました……。すみません……最後に変なこと言っちゃって、そうですよね。さっきそう言ってましたもんね。すみません……」

少しでも期待してしまっていた。

カオルさんが、これからも私のそばにずっといてくれるのではないかと。

私を守り続けてくれるんじゃないかと。

しかし、やはり映画の中だけでしか起こらないようだ。

私の運命の恋は、ここで終わったのだ——。

「はいっ、では私、ただいまから日本へ戻ります」

私は、いつもどおり強がって思いっきりの笑顔で敬礼した。

そして次の瞬間、私はカオルさんに飛びついた。

そして、思いっきり背伸びをしてキスをした。

生まれて初めて自分からキスをした。

私は、溢れる涙がこぼれないよう上を向いて、踵を返して歩きだした。

精一杯強がって大またに歩いていたが、涙は止まらなかった。

そして二度と振り返らなかった。

振り返ったらまた悲しくなるとわかっていたから。

別れがこんなにつらいとは知らなかったし、知っていたら好きになんてならなかった。

人を好きになる瞬間と、別れの瞬間が、こんなにもあっという間に私の前を通り過ぎていくなんて夢にも思わなかった。運命は本当に悪戯だ。

別れのキスから30分後、私は、ヒースロー空港を飛び立った。

機内からロンドンに別れを告げた。

そしてどこかで見送ってくれているだろうカオルさんに向けて、何度も手を振った。

「カオルさん、ありがとう……」

この日のロンドンの空は青く澄んだ快晴だった。

プレゼントの包装を丁寧に開き、小さな箱を開けた。

箱の中には、ピンクのバラのプリザーブドフラワーが飾られていた。
バラには、「スウィート・ジュリエット」と記されていた。
このバラでプロポーズすると、永遠の愛が叶うと語り継がれている伝説のバラ。
カオルさんは、このバラを、永久保存できるプリザーブドフラワーにしてくれた。
私は、カオルさんから「永遠の愛」をプレゼントしてもらったのだ。
私はその箱をギュッと抱きしめてカオルさんを想った。

２０１３年12月29日　白金

日付が変わって29日の未明に成田空港に到着した。

ロンドンからの機内では、泥のようにぐっすりと眠ることができた。

いつも飛行機では、極度の緊張をし、手に汗をかき動悸が速まる私だったが、今の私にはそんな様子はまったくない。

ロンドンに行く前の私と、今の私は何かが大きく変わった気がする。

空港を出ると、広尾の実家には戻らず、そのまま母のいる病院へ急いで直行した。

手術から2日経ち、母はＩＣＵから一般病棟へ移っていた。

横たわっている母のガウンから見える傷口はホッチキスのようなもので留められていた。

さらにバンドテープのようなものが貼ってあったが、突っ張って痛いためか、取ってしまっていたので15センチほどの傷口が痛々しい。

しかし、話す言葉もしっかりしていて、運動神経にも支障がないという。

母は穏やかな表情で眠っていた。

「お母さん」

私は耳元で囁くように声をかけた。

母は深い眠りから解き放たれるようにゆっくりと目を開けた。

「彩佳……」

「お母さん……良かった」

「彩佳、ありがとう……」

「お母さん、お父さんに会えたよ。お父さんの愛にね」

母は、私に教えるように優しく語りはじめた。

「お父さんは、私に自分らしく生きることを教えて、病気と向き合う私を支えてくれたの。私は、あの人が示してくれた道を歩んでいるのね……今も……そしてこれからも……」

「うん……」

私は、母の頬をそっと撫でて上げた。

「お母さん、これがお父さんとの約束の結婚指輪だよ」

私はオルゴールの蓋を開けて、ダイヤの指輪を母の顔のそばに寄せて見せてあげた。

その指輪を見た母は、嗚咽を漏らしながら涙をこぼした。

そして母の左手の薬指を手に取り、父の結婚指輪をそっとはめてあげた。

父の願いは、これで完結したのだ。

溢れる涙が止まらない母は指輪を見つめながら、私にゆっくりと語り始めた。

「私の誕生日の前夜。『必ず帰ってくるから、待っててくれ』と残して、隆一さんはいなくなったの……。

あの6月19日から私の時は止まったわ。長い長い私の誕生日。

警察から連絡があったのは、その3日後の6月22日。

『6月19日、松下隆一さんは、ロンドン行きのオリエントエクスプレスの車中で亡くなりました』

嘘だと信じたかった。

最後に会ったあの日、隆一さんを抱きしめられるのがあの日で最後になるかもしれないとわかっていたら、私は、どんなに隆一さんを愛しているかを伝えたことだろう。なのに。

警察の人が『最後に握り締めて持っていたものです』と隆一さんの形見を差し出した。

それは、シルバーの写真たてに飾られた私たち二人の写真だったの。

私、隆一さんが、結婚の約束の指輪を取り戻しにロンドンへ行ったのだろうと。

二人の約束の誓いの指輪。天国の隆一さん――。

約束は果たせなかった……でも心配しないでね。

こうして彩佳が指輪を探し出してきてくれた。

時を経て、二人の約束はしっかりと結ばれましたよ」

母は、そう言うと静かに目を閉じて、指輪を愛しく抱きしめた。

私はひとつの運命が新たに流れ出すのを感じていた。

すべては偶然ではない運命を。

私は持ってきた父のオルゴールを、母のものと隣り合わせに置いてみた。

そう、これはつがいのオルゴール。二つを合わせることによって、初めて一つの模様が浮かび上がる仕組みになっている。

私の目の前には、今、一つの枝に咲いた二輪のバラが広がっている。

父のバラと、母のバラ。

離れ離れになっていた二つの花は、長い年月を経て、今ようやく一つの枝に戻ったのだ。

オルゴールの奇跡は、ついに実現した……。

その夜、広尾の実家へ戻ると玄関脇のポストに一通の手紙が差し込まれていた。

エアメールだ。

宛名をみるとなんとカオルさんからだった。

消印には、12月26日の日付が刻印されていた。

私と最初に出会った翌日だ。

カオルさんは私と出会った翌日にこの手紙を投函した……。

私は思い出した。

ノッティングヒルのポートベロー通りで、カオルさんがポストに何か手紙らしきものを放り込んでいるのを。

あれは私への手紙だったのか。

早くこの手紙を読みたい、私は部屋に飛び込んで、すぐに手紙の封を破った。

それは、一枚の便箋に綴られた短い手紙だった。

2013年12月29日　白金

『彩佳さんへ
ロンドンで君と出会った日の夜に、僕はこの手紙を書いてます。

初めて君とお話しすることができたが、君は想像以上に素敵な女性でした。

僕はもう、それだけで満足です。

これからも、君は君の人生を、力強く歩んでほしい。

君にひとつだけ、言えなかったことがあります。

僕は、もうすぐ耳が全く聞こえなくなるのです。

聴器がんという病気で、あなたと出会った時はすでに左耳が聞こえなくなっていました。

でも、僕は幸せでした。

すべての音を失う前に、君の声が聞けたのだから。

君とはもう、二度と会うことは出来ないと思います。

しかし、君と会った時間を、僕は一生忘れないでしょう。

その思い出を胸に、僕はこれからの人生を生きていきます。

本当にありがとう。

そしてさようなら。

杉下薫』

手紙を持つ、私の手が震えていた。

聴器がん？　カオルさんは重い病気にかかっていたの？

カオルさんの耳は、私と会ったときにはすでに聞こえなくなりかけていたのだ。

でも、カオルさんは、そのことをあえて私には言わなかった。

私を心配させまいとして――、
カオルさんはずっと、気丈に振る舞って、私の旅を応援してくれていた。

車の運転や、走ったり、おんぶまでしてくれた。

私はなんてバカなんだろう。

どうして気づいてあげられなかったんだろう……。

カオルさんが、自分の体を犠牲にまでして献身的に私に尽くしてくれたのだと思うと、私は取り返しのつかない自責の気持ちで、激しく動揺した。

カオルさんが、「どうしても日本に来ることができない」、「自分は君にふさわしくない」と言っていたのは、自分の耳のことが理由だったのだろう。

もうすぐ、自分が音を失ってしまうとわかっていたから。

私に迷惑をかけまいと思って……。

「カオルさん……」

手紙を抱きしめると、私はうずくまった。そして、声を上げて泣いた。

2013年12月30日　青山

今日は、学生生活の集大成である大事な卒業コンサートの本番の日だった。

私は初のソリストを演じる。

昨夜泣きすぎて、目は少し腫れぼったいのを、メイクで必死に修正した。

だけど、元気は出なかった。

私は一度落ち込むとなかなか自力で元気を取り戻すことができないらしい。

朝起きてから、ずっと調子が悪い。

緊張というよりも、気力がなかったのだ。

このまま第一バイオリニストを演じても成功するとは思えなかった。

そう思うとますます落ち込んでしまう。

私は助けを求めるかのように、気がつくと母の入院している病院に向かっていた。

母は昨日とは違い、目を覚まし、体調がいいようだった。

「あら、卒業コンサートの準備はいいの？」

「うん。その前にお母さんに会おうと思って」

「ごめんね。今日行けなくて」

「ううん。大丈夫。お母さんは早く退院することだけ考えてくれればいいから」

私はそう言いながらも、今すぐ母に泣きつきたいと思っていた。

私の中で、母との確執は完全に消え去っていた。

オルゴールを探す旅の中で、私は母を大切に思えるようになっていたのだ。

しかし母はどうなのだろう。

私のような娘を、許してくれるのだろうか。

そんな時ふと、母が口を開いた。

「あなたには感謝しているのよ」

「感謝?」

「あの人のオルゴールを見つけてきてくれて」

母は優しい表情になった。

「私のほうこそ感謝してるよ」

「あなたが?」

「だって、私、ロンドンに行って、お父さんのこととかお母さんのことがよくわかったと思うから」

素直な気持ちだった。

私は父のおかげで、以前よりずっと母に近づけたような気がする。

もちろん、それはカオルさんのおかげでもあるのだけれど。

「あなたがそう言ってくれて嬉しいわ」

母はじっと私の顔を見つめた。

「それで、何か悩んでいるみたいだけど、どうしたの？」

「えっ⁉」

「お母さんに話したいんでしょ？　言ってごらんなさい。ちゃんと聞くから」

「お母さん……」

驚いた。母は私の心の中が読めるのだろうか。

私は不思議と力が抜け、母にカオルさんのことを話した。

「そう。そんなことがあったのね……」

母は話を聞き、頷きながらそう言った。

「私、どうすればいいのかな……」

カオルさんに今すぐ連絡をして、詳しく話を聞くべきなのだろうか。

それともこのままもう会わないでおくべきなのだろうか。

私には皆目見当がつかない。

考えれば考えるほど、また涙が出そうになった。

「思った通りに行動しなさい」

ふいに母が言った。

「思った通り？」

「そう……。あなたはお父さんのオルゴールをどうして探そうと思ったの？」

「それは……」

それは、母のためを思っての行動だった。何も悩んでいない。無我夢中で私はロンドンに向かったのだ。

「同じよ。その人のことも、あなたは自分が思う通りに行動すればいいの。それがたとえ上手くいかない結果になろうとも、行動しないで後悔するぐらいなら動いたほうがいいわ」

母は父のことを言っているようだった。

長い歳月をかけ、母は父の行動をようやく理解した。

そして今まで以上に父のことを愛するようになっていたのだ。

「あなたは私が思っている以上に、立派に成長したわね」

「えっ？」

「子供だと思っていたけど、もう一人前の大人よ」

「そうかな……」

「そうよ。自信を持ちなさい」

母にそう言われて、私はなんだか嬉しくなった。

「私はあなたに感謝してるの。あなたが家から出て行ってから、私は自分を情けなく思っていたの。あなたの気持ちを全然理解していなかった。母親失格だと感じていたわ。だからこうしてちゃんと会ってくれて、すごく嬉しいの」

「そんな……。悪いのは私だよ」

2013年12月30日　青山

そう、悪いのは私だ。

母の気持ちを全然わかろうとせず、一方的に距離を取ってしまっていた。

その結果、母がどれほど悲しんでいるかも知らずに……。

私が今こうしてここにいるのは、母とそして父のおかげなのだ。

「あの人が、私とあなたの仲を取り戻してくれたのかもしれないわね」

「うん。そうだと思う」

「あの人は天国に行ってからもずっと、私たちのことを見守っていてくれたのよ」

母の言う通りだ。

父は私と母の仲を見かねて、私に今回のような行動を取らせたのかもしれない。

「だから、そのカオルさんと会わせたのも、きっとお父さんだと思うわ。だったらあなたがすることはひとつ。思ったように行動することよ」

母の言葉に、私はいつの間にか小さく頷いていた。

私はあの旅を通し、「運命」というものを信じるようになった。

それは偶然ではない。誰かの思いによって導かれる絆の連鎖だ。

私は悩むことをやめ、前向きな気持ちになった。

「ありがとう、お母さん」

私は素直に母にそう言うことができた。

本番2時間前、会場のある大学のキャンパスに到着した。

母と会った私は不思議に力がみなぎっていた。

しっかりしないといけないんだと、自分の頬を平手打ちして気合を入れる。

私は前向きになっていたのだ。

大学の部室に来たのは5日ぶりだったが、何だか1年も前の様な懐かしい感じがした。

部室のロッカーを開けると私の衣装が用意されていた。

裕子が準備してくれたのだろう。

上は真珠色のハーフスリーブ、下は黒のロングスカート、そして黒いパンプス。

これが私たち管弦楽団の正装である。

部室で袖を通しながら、だんだん緊張していくのを感じていた。

でもいつもと何かが違う。

緊張するといつも起こる目眩が今はない。

手にも汗はかいていないし、動悸も正常だ。

むしろどこか心地のよい緊張感に包まれている。

ずっと悩ませてきた自分の病気がすっかり除去されている気がするのだ。

どうして？　私はすぐにその答えに気づいた。カオルさんのおかげだ。

内観の教えやカオルさんの愛情が私を救ったのだ。

ここには、ロンドンでちょっぴりたくましく生まれ変わった新しい「私」がいる。

「カオルさん、ありがとう」心の中にそうつぶやいて、みんなのいる控室の扉を開けた。

最終リハーサルには間に合わなかったが、何とか本番で演奏することはできそうだ。部員のみんなには、５日間も休んで最後の練習に参加出来ずに申し訳ない気持ちで一杯だった。

控室に駆けつけた私を、みな優しく迎えてくれた。

裕子がみんなに説明してくれていたのだ。裕子には本当に頭があがらない。

「みんなごめんなさい」

私は深く頭を下げて、最後の練習に参加出来なかったことを心から詫びた。

「大丈夫よ。よかった、間に合って」

コントラバスの直美が言い寄って来てくれた。

「あなたの念願の第一バイオリンのソロじゃない。あれだけ練習してたから大丈夫よ」

チェロの洋子が続いてくれた。

「私たちがバックアップするから頑張って」

第二バイオリンの美幸が力強く私を励ましてくれた。

「ありがとう……」

思いがけない仲間の優しい励ましに、私は言葉も出せなかった。

全員で「みんなで楽しもう」の掛け声で気合を注入し、長い廊下を渡り、私たちはゆっくりとステージへと向かった。

ついに運命の本番。

深遠な祈りにも似た心境で私はステージに立っている。

運命の4日間を過ごした私にもう迷いはない。

1500人の満員の聴衆を前にして、初めての第一バイオリンのソロを弾くというのに、いつもの汗や動悸や目眩はない。

あるのは心地よい緊張感だけだ。

私はロンドンで生まれ変わった、そう感じる。

私は一礼し、大きく深呼吸し、バイオリンを手にとった。

奏でる曲は、もちろん、ヨハン・パッヘルベルの『カノン』。

父が子供のときに必死に練習したが、演奏会で中断せざるを得なかった曲。

病床の母に捧げようとしたが、やはり達成できなかった曲だった。

この曲には、父から母への想い、父が叶えることができなかった想いが詰まっている。

今回、私がこの曲を演奏することになったのも、決して偶然ではあるまい。

そう、すべては運命なのだ。

父の想いは、この父のバイオリンを引き継いだ私が達成してみせる。

これが完成すれば、父の想いはすべて遂げられるのだ。

慎重に弓をおろし、私の『カノン』が始まった。

繊細で甘美な旋律が会場を包む。

まずは出だしの「カノン進行」と呼ばれる4分音符、ゆっくりと始まる。

ゆっくり始まるので、弓をしっかり安定させないと音がよろけてしまう。

右手の人差し指で、弓先まで均等に圧をキープして安定させなければならない。

12小節目にさしかかった時、突然の事件が私を襲った。

D線の弦が切れた。

その瞬間音のない静寂の世界の中に舞い込み、私はとてつもない孤独の感覚に襲われた。

自分の鼓動の高鳴りだけが感じられる。

その瞬間は時間にしてわずか0・1秒。聴衆からはどよめきが起こっている。

しかし、私は慌てなかった。

咄嗟に右隣に座っているコンサートマスターの神田君と楽器を交換した。

そして私は速やかに13小節目の中盤から復帰することができた。

弦の切れた私のバイオリンは、オーケストラの奏者をリレーされ、すばやく後ろの奏者へと引き継がれていく。

ステージの後方に予備のバイオリンが万が一のために置いてあるのだ。

一番後ろの奏者がその予備バイオリンを手に取り演奏に復帰して、一応の回復を迎えた。

しかし、私が交換してもらった神田君のバイオリンはフルサイズよりも少し小さいサイズだったので、かなり違和感があった。

それでも弾き続けるしかない。最後まで絶対に弾いてみせる。

父の果たせなかった『カノン』を絶対に完成させる。

その思いだけが私を奮い立たせ、無我夢中で腕を動かした。

起死回生のバイオリン交換で、演奏は無事続いていく。

聴衆も緊張しながら見守ってくれている。

そうして迎えた最大の難関の16分音符のパートに入る直前、再び悲劇が私を襲う。

ブチッと音を立ててまたしてもD線の弦が切れた。

とても信じられない状況だ。

二度もD線の弦が切れるなんてことが起こりうるのか？

その瞬間、再び私の時は止まった。

一瞬にして絶望感が全身を襲い、私を凍りつかせた。

父の中学校の演奏会。母の病室での出来事。父の手記での記述が頭によみがえる。

あのときも、バイオリンの弦は切れて、父の『カノン』は完成しなかったのだ。

それが私の身にも現実に起こっている。

まさか、これは運命なのか？　運命の力が『カノン』の完成を妨げている？

いや――。私は心の中で首を振った。

もしそんな運命があるのならば、私が変えてやる。

この曲は、私が絶対完成させるんだ！

咄嗟に再びコンサートマスターの楽器と交換しようと猪口のほうへ振り向いた。

すると私のもとにステージマネージャーの猪口がすでに走り寄ってきていた。

猪口は弦が切れた私のバイオリンを演奏中にも拘わらず素早く修繕してくれていたのだ。

2013年12月30日　青山

新しく弦を張りかえた私のバイオリンを素早く手渡してくれた。

「ありがとう」言葉に出来ない私と猪口はアイコンタクトで意思疎通し、再びさっと楽器を取り替えた。その間、わずか3・5秒。

奇跡的にクライマックスのソロパートに間に合った。

そして再び私は父の形見のバイオリンで『カノン』の完奏に私のすべてを賭けてのぞむ。

必死に弦を走らせる私の脳裏には、父の手記、ロンドンでの出来事、母の手術、カオルさんとの出会い、様々な思いが交錯した。

私の情熱的で求心的な演奏で、会場は驚きと声援でどよめきが続いている。

まさに私の人生最高の演奏だった。

この時、この瞬間、このステージで、私と父は一体となった。

まるで父の想いが私に乗り移って、父とアンサンブルしているようだ。

今、私は父と一緒に『カノン』を弾いているのだ。

演奏を始めて4分10秒、私はやっと『カノン』を完奏した。

ついに、私と父の『カノン』は完成したのだ。

一礼もままならず、私は呆然と立ち尽くしていた。

会場は感動でシーンと静まりかえっている。

拍手が一人一人始まり次第に夜が明けていくように広がる拍手は感動的な表情があった。

やがて会場全体が拍手喝采となり、客席から一人、また一人と立ち上がり、拍手を送る。

指揮者の伊藤先輩は、感極まり私を抱きしめた。

「あなたの度胸と情熱は素晴らしい」私をステージの前の方へエスコートし、手を広げ拍手してくれた。

その瞬間、総立ちのスタンディングオベーション。

オーケストラのみんなも弓で譜面を叩いたり、足踏みなどして讃えてくれている。

「ブラヴォー」の掛け声も観客からあいついで起きた。

揺れるような声援に会場全体が感動に包まれていた。

呆然としながら、観客への笑顔もままならないまま、私の目は、自然と自分の招待席の方へ向いていた。

当然ながら私の招待席には、誰もいない。

何故か私は、愛すべきカオルさんがいるはずもない会場を目で探し回っている。

愛するお母さんを探し求める迷子の子供のように。

カオルさんに私の『カノン』を聴いていて欲しかった。

私は心からそう思った。そして何だか哀しくなった。

私とカオルさんが離れ離れになる運命なんて。

演奏を終えても笑顔にならず憮然とした表情をしているのに観客が騒然となっている。

すると騒然となっている会場の一番後ろから一人の青年がゆっくりと歩いてきた。

その歩いてくる姿が、後光が射しているようで、私にはよく見えなかった。

その後、私が笑顔を取り戻すのにそれほど時間はかからなかった。

なんと、歩み寄ってきた一人の青年は、私の愛するカオルさんだった。

大きなバラの花束を抱えたカオルさんが私のステージ下に立っているのだ。

「カオルさん！」

信じられない出来事に、私は言葉にならない。

バラの花束を受け取って私は、カオルさんをマジマジと見つめた。

これは夢じゃないの？

「やあ」

「カオルさん……どうして……？」

「彩佳さんと別れてからずっと考えていてね……。悩んでいたら、不思議なことが起きたんだ。何だと思う？」

私は首をかしげる。

「あのオルゴールの音色が聞こえてきたんだ。もう聞こえなくなったはずの僕の左耳にも、はっきりと」

驚きの言葉に、思わず息を呑んだ。カオルさんは続ける。

「急に、君のお父さんとお母さんのことが心に浮かんできた。かなわなかった彼らの願いは、君が叶えることができた。でも、お父さんはすでに亡くなられている。それじゃいけない。僕も自分の気持ちに素直になろうって思ったんだ……。僕たちは運命の絆で結ばれているんだ」

愛する者たちを結びつける――。

胸の中が温かいもので満たされていくのを、私はしっかりと感じていた。

「もうすぐ僕の耳は聴こえなくなるだろう。でももう一度君のバイオリンの音色と、君の声が聞きたかった……。そして、僕は今、かすかにだったけど、しっかりと君のバイオリンと声を聴くことが出来た……」

「……」

「たとえ世界中の時が止まっても、僕は君のそばで君を守り続けたい……」

この言葉を聞いた瞬間、私の人生の時間は止まったような衝撃を受けた。

そして、すぐに私は叫んだ。

「私もカオルさんを愛しています。もう私たちは絶対に離れない」

私は天にも昇る気持ちで応えた。

「運命の恋」とはまさにこういうものなのだろう。

そして私はステージの上からカオルさんの唇にキスをした。

何が起こっているのか、場内は一瞬シンと静まり返っていたが、やがて二人を祝福する盛大な拍手が巻き起こった。

思わず私はステージの上から飛び降りてカオルさんに抱きついた。

客席からはさらに歓声が沸いた。

カオルさんは私をさらに強く抱きしめてくれた。

私ももっと強く抱きしめ返した。

「カオルさん私の声が聞こえる？」

カオルさんはニッコリと微笑んでいたが、私の質問には答えなかった。

もう私の声が聞こえなくなってしまったのかもしれない。

拍手が鳴り止まない会場で、私たちはこのままずっとずっと抱きしめ合っていたかった。

滴り落ちる汗に涙が入り混じって、しょっぱい味の私の最高の舞台となった。

この一瞬が永遠に続いてほしい。

この一瞬を一生忘れない。この瞬間、私は神様に心から願った。

「世界中の時間よ、すべて止まれ。」

2014年　晩春　オリエントエクスプレスにて

私とカオルさんは、今、オリエントエクスプレスに乗って旅をしている。

私たちは先日、ロンドンの教会で式を挙げてきたばかりだ。

つまり、これが新婚旅行ということになる。

父と母が望んだであろう旅を、私とカオルさんは歩んでいるのだ。

私は人生最高の瞬間を満喫している。

ハンカチを取り出そうと、私はジャケットの胸ポケットに手を差し入れる。

すると、そこにはハンカチ以外の何かが入っていた。

取り出してみると、それは一本の万年筆――。

黒くて年季の入ったモンブラン製の万年筆だ。

私は手に取ってまじまじと見た。

あの列車で出会った青年が持っていたあの万年筆だ。

あの青年と別れた後、落ちていたその万年筆を拾い上げ、そのままずっと、このジャケットの胸ポケットに差したまま忘れていた。

錆のひどい万年筆を見て、カオルさんが言った。

カオルさんの耳にはこの旅の前から補聴器がつけられていた。

「大事なものですか？」

「これは、この間グレートノースターの列車で拾ったんです」

「錆がひどいですね。貸してください」

カオルさんは、万年筆を持って食堂車の方へ行った。

しばらくして、カオルさんは炭酸水入りのコップを持って戻ってきた。万年筆が炭酸水に浸かっている。

「な、何をしてるんです？」

「錆はね、炭酸水に浸けると落とせるんです」

カオルさんが万年筆を引き出し、ハンカチで優しく拭く。

すると、万年筆のクリップのところにイニシャルが彫られていた。その文字は、R・M。

父の名前は、松下隆一。イニシャルはR・Mだ！

やはり父の手記に記されていたように、これは手紙を書いた父の万年筆なのか？

あの青年は若き日の父、亡くなる直前の父だったというのか？

あのとき私は本当にタイムスリップして、過去の父と出会ったのか――。

これは夢なのか、現実なのか、私にはもはや全くわからない。

ただ一つだけ言えることは、この万年筆が私のもとにあるという現実だ。

私はそのことをカオルさんに話した。

すると彼はそれをすんなり信じてくれたようだった。

「すべては運命の絆なんだね」

私はその言葉に素直に頷く。

この旅行の終わりに、私たちはあるところに行くことにしていた。

それは、父の墓だった。

父はロンドンで亡くなり、そのまま郊外の墓地に埋葬されていたのだ。

教えてくれたのは、カオルさんの父、中村弁護士だった。

私は今回の旅行でどうしてもそこに行きたいと思った。

墓前で父に話したいことがたくさんあるのだ。

不思議なことと言えば、もうひとつある。

それはあの、アンティークショップの老婆だ。

しばらくしてから思い返してみると、やはり手記に書かれ、父がオルゴールの鍵を渡した相手は、やはりあの老婆だったのではないかと思えてくる。

その老婆が父のことを覚えていて、私に鍵をくれたと考えれば、つじつまは合う。

しかし、あれから20年も経ったのだ。

父の時代の老婆が、まったく同じ姿であの場所にとどまっているものだろうか？　20年も前のことを、覚えているだろうか？

そこで思い出した。

あの老婆に会ったのは、きっと初めてじゃない。

管弦楽団の練習をした帰り、表参道から一本裏道に入った通りで、私は不思議な骨董品屋を見つけたはずだ。

そこの老婆にも妙なことを予言された。

それはその後の様々な事態を言いあてていたようでもあり――。

今考えてみると、ロンドンのあの老婆にそっくりだったような気もする。

何かの関係があるはずだ。

私はそう思い、あの表参道の骨董品屋を探してみた。

しかし、どれだけ探しても、あの店は見つからなかったのだ。

まるで、時空のはざまに消えてしまったかのように……。

あの老婆は、いったい何だったのだろうか？

あの人がいなければ、私は父の願いをかなえられなかった――。

さらに、アビーコートで私が見た写真。

曽祖父と曽祖母の写真だと言われて見せられたあの写真に写っていたのは、一人の男性と、そしてあのアンティークショップの老婆だった。

どうしてあの老婆が、私をあそこまで助けてくれたのか――。

そのすべての理由は、あの一枚の写真に集約されるのかもしれない。

私は想像する。亡くなった私の曽お祖母さんが、私の父を、そして私をも、時空を超えて導いてくれたのかもしれない、と──。

そういえばあのお店の老婆は、確か「北に11時9分」と言っていた。

そのときには、私は何のことか意味がわからなかった。

しかし、思い返してみれば、私の冒険は、11時9分という符合に全ては繋がっていたことに気づいた。

後に知ったのだがロンドンの事故を起こした列車の出発時刻は11時9分だったという。

この11時9分という時刻に一体どういう関係性があるのか、私にはずっと疑問だった。

けれど、日本に帰り、私が旅した土地を地図でふり返って見た時、ようやくわかったのだ。

アナログ時計の中心を、ロンドンとしてみよう。

すると、短針が差す方向──つまり、ロンドンより北北西の11時の方向に、あのホーリー・トリニティ教会がある。

そして、長針の差す方向──つまり、ロンドンより北北東の9分の方向に、あの約束の地、キャッスルハワードが位置しているのだ。

「北に11時9分」──老婆の言葉はすでにその位置を暗示してくれていたのかもしれない。

あのときの私には気づくことが出来なかったが、あの老婆は確かに私を導こうとしてくれていたのだ。

私が出会った、不思議な力を持った老婆──。

きっとこの謎の正体も永遠に解けないに違いない。

けれども、私はそれでいいと思っている。

父の遺した宝物をめぐる私の短い冒険は、それだけの不思議で奇妙な運命に満ち満ちていたのだから——。

カオルさんの耳は補聴器なしではもうほとんど聞こえなくなっている。

「それでも構わない。僕は最高の音楽を聴けたから」

彼は私のバイオリンを最後に聞けたことを、大切な思い出として残してくれるようだった。

嬉しい。だけど同時に悲しさも感じた。

耳が聞こえないというのは、それだけで世界が狭くなる。

想像もつかない困難がカオルさんの前に襲ってくるのだ。

私はそんなカオルさんの力になろうと思った。

カオルさんの耳が聞こえないのなら、私が彼の耳になりたいと、そう心から願っていた。

そうして私は、父の眠るお墓の前でこれまでの全てのことを父に報告した。

「彩佳、本当にありがとう」

なんだか天国の父がそう言ってくれたような気がして胸が熱くなった。

ロンドンから帰国して一週間後私とカオルさんは母の入院する病院へお見舞いに向かった。

病室でロンドンの土産話が終わった後ようやく母が口を開いた。

「あなたは奇跡を信じる?」

母はゆっくりとした口調で、カオルさんが聞き取れるように尋ねた。

「奇跡、ですか？」

「ええ、自分では予想のつかないことが起きたりすると信じられるかしら？」

「僕は信じます。ずっと昔から信じていましたから」

カオルさんは母に、私のことを昔から見守っていたことを話した。

遠くから眺め、そっと守り続けてくれていた存在。

そんな私と出会い、交流し、今ここに二人でいる。

母はそれを聞き、ニッコリと微笑んだ。

そういえば実は、ウイリアム神父から受け取った父の手紙にはもう一通あった。

神父から、私がロンドンで全てを成し遂げてから、日本にいる母に直接渡すように、と約束していたものだ。

私は、母に指輪を渡し、全てを見届けたその日の夜、約束どおり、その手紙を手渡した。

それは父から母への手紙だった。

大手術を終えてからの母は、その手紙を毎日繰り返し読んでは、寝るときも枕元に添えていつも肌身離さず、それはそれは大切に保管していた。


『美夏へ。

今、君はどんな気持ちでこの手紙を読んでいるのだろうか？

こんな手紙を貰って当惑させてしまっているのではないだろうか少し心配です。

何故なら、これは過去の僕からのラブレターだからです。

これまで本当にありがとう。

君という存在がいたからこそ、今の僕があったのです。

きっと、君と出会わなければ恋をすることもなく、可愛い子供を授かることもなかったでしょう。

君のおかげで僕の人生は、バラ色に彩られた最高の人生でした。

ところで、僕は君に何か残すことが出来ただろうか？

結婚指輪も渡せなかったし、結婚式も挙げられなかった。

約束していたことは何一つ果たせなかったように思います。

だから、せめてもの記しとして、君へのあふれる愛情をこの手紙に託して贈ります。

君と過ごせた日々は、僕の人生の中で、一番輝いていた時でした。

君がそばにいてくれたから、僕は僕らしく生きられたのだと思います。


愛する君と子供を置いて、僕は先に逝きたくはない。

この先、50年60年と君と過ごせたら、僕はどんなにか幸せなことだっただろう。

でも、この手紙を書いた次の日に、命が尽きても、僕は後悔しません。

君への愛は、何が起きようとも変わらないと僕は信じているから。

一つお願いがあるのです。

この手紙を読んでいるその瞬間も、君は、変わらず僕のことを愛してくれていてくれるのなら、今度は君が僕にラブレターを書いてくれませんか?

君からのラブレターを空の上で待っています。

それが僕のささやかな願いです。

１９９3年6月19日　隆一』

父からの結婚指輪を眺めては繰り返し父の手紙を読み母は毎日本当に幸せそうだった。

母の瞳は青春時代の娘のように輝いていた。


しかし、幸せの日々はそう長くは続かなかった。

その一年後の初夏の頃、母の病状は急転した。

成功したはずの脳動脈瘤が再び破裂してしまったのだ。

もはや手の施しようがなく、手術も断念し、私たちはただ見守ることしか出来なかった。そして、もうすぐ母の大好きな6月を迎える初夏の頃、母は大好きな父のいる天国へと旅立った。

母は、最期まで父の手紙を自分の枕元に大切にしまっていた。

そして、その手紙と重ね合わせるようにして、母は、自分が最後に書き残した手紙を大事に添えていた。

それは、父との約束のラブレターだった。

『隆一さんへ
一人になって、もう一度、私はあなたに恋をしました。

まだあなたが、私のあなたへの初恋に気づかないでいた子供の頃、
あなたと出会ったあの病院のバラのアーチのベンチに行っては、こっそり座ったりしていました。

夕暮れの穏やかな光、夕闇へと変わる一瞬の時。

自転車に乗ってあなたと一緒に見た景色の続きを夢見たりもしました。

知っていましたか?

あなたが私に、私の病室の窓越しに恋を打ち明けてくれるよりも、ずっと前から、私はあなたを好きでいたことを。

あれから何年経つのでしょう?

あなたがいなくなった今、とても短い間だったけど、あなたと過ごした私の心の中は、あなたへの愛しさで溢れています。

いないはずのあなたを想うたびに、日増しに恋しくなるのです。

こうして、もう一度、私はあなたに恋をしたのです。

「必ず帰ってくるから、待っててね」があなたの最後の言葉でしたね。

翌週、ロンドンで天国へ旅立ってしまったあなた。

苦しくて辛い、泣いてばかりの日々でした。

でも、あなたの温かい優しい笑顔が、ずっと私の心の中にいてくれていると気づいた私。

その希望の光は、あなたとの一粒種の彩佳でした。

一からの出直しでした。

一人娘の彩佳を抱え、悪戦苦闘の毎日でしたよ。

21年経って、彩佳も立派な大人になりました。

私に似て、ちょっぴり頑固なところもあるけど、私の自慢の娘です。

あなたは私に、たくさんの温かい言葉を残してくれたのに、私は最後の一言も言えず、あなたと永遠の別れをしてしまいました。

どうしてもあなたに伝えたい言葉があります。

『私を愛してくれてありがとう』

何一つ満足に出来なかった私に、自信を持たせてくれて強い意志を持たせてくれて、彩佳を授けてくれて、あなたに感謝できる気持ちに気づかせてくれて「そして、こんな私をずっと愛してくれて本当にありがとう」。

私はあなたに出会えて本当に幸せでした。

もう一度、天国であなたと出会うことが出来るのなら、私はもう二度とあなたを離さないわ。

初めてあなたに出会ったあの初恋の瞬間から今も変わらずずっと、
私は心からあなたを愛しています。

美夏』

天国にバラの花があるのなら、天国で待っている父は、きっともう一度、12本の大きなバラの花束を携えて、大好きな母へ思いを打ち明けるはずだ。

アンティークのオルゴールは、優しい音色の『カノン』を奏でる。

心の時計が一瞬にして時を遡ってくるのを感じて私は、ふと想った。

私も手紙を書こう。

宛名は神山美夏。

もう一人、松下隆一。

そして、父が残した愛の手記を物語にして、残すのだ。


２０１５年6月19日11時９分。

原稿用紙に最初に書き記したのはこの物語のタイトル。

「世界中の時間よ、すべて止まれ。」

私は今、生まれて初めてラブレターを書いている。

1974年6月19日　初夏

初夏特有の突然の雨に見舞われたお昼休み前。

野球部の練習で突き指した治療のため、少年が学校近くの調布の深大寺病院に来ていた。その病院は、敷地内にバラやアジサイや様々な花が咲く庭園があることで有名だった。予約の時間に間に合わせようと小走りで向かいながら腕時計を見る。

時は午前11時9分。

傘をさしながら病院に入ろうとしたとき、庭園の入り口にあるバラのアーチで傘を差さずに雨宿りしている一人の少女を見つけた。

少年は、雷に打たれたような、衝撃を受けた。

運命の少女との出会い。

雨に濡れて困った顔をしている少女、少年は、その可憐さに思わず言葉を失っている。

少年は無意識に引き寄せられるように、少女の肩越しまで接近していた。

「もし良かったら傘をどうぞ」

「えっ。でも、あなたが濡れてしまうでしょう」

「僕は大丈夫ですよ。丈夫に出来てますので」

1974年6月19日　初夏

「ふふっ、じゃぁ雨がやむまでお世話になっていいかしら？」

少年は、心臓が飛び出しそうになるくらい緊張していた。

女の子に傘を差し出すなんて、少年にしては信じられないほど勇気のある行動だった。

「あの……、この病院にはよく来るの？」

「うん。私、ここに入院してるの。」

「そうなんだ……」

「でも……この病院はお花が沢山あるから好きよ。あなたは？」

「僕は、ちょっと突き指して」

「まぁ大変。ちょっと手を貸して」

少女は少年の手を優しくぎゅっと握った。

その手の温もりは、少年のこれまでの人生で感じたことのない温かく柔らかいものだった。

「あっ、ありがとう。お礼にこの傘あげるから。僕はもう帰るから。君もお大事にね」

突然手を握られ絶句し、あまりの興奮に舞い上がり、僕は名前も聞かず逃げるように立ち去ろうとした。

「あなたのお名前は？」

少年はつんのめって振り返る。

「僕は隆一。松下隆一です」

「私は、みか。神山美夏。美しい夏と書いて、みかっていうの。今日は本当にありがとう。私たち、またきっと逢えるわ」

といって、まるで天使のようにニッコリ微笑んだ。

その眩しすぎる笑顔があまりにも素敵だった少女に、ハートを撃ち抜かれた少年は、世界中の時間がすべて止まったように、一瞬にして運命の恋に落ちた。


（完）

著者プロフィール

伊友喜 紗々（いともき ささ）

東京都渋谷区在住。
青山学院大学卒業。
本小説がデビュー作となる。

世界中の時間よ、すべて止まれ。

2024年11月18日　初版第１刷発行

著　者　伊友喜 紗々
発行者　瓜谷 綱延
発行所　株式会社文芸社
〒160-0022　東京都新宿区新宿1－10－1
電話　03-5369-3060（代表）
03-5369-2299（販売）

印刷所　TOPPANクロレ株式会社

ISBN978-4-286-25558-3